英語研究室

小泉牧夫・著
陳芬芳・譯

世にもおもしろい英語
あなたの知識と感性の領域を広げる英語表現

從語源、用法到文化記憶，
連老外都驚嘆的趣味英語應用163選

Prologue

歐巴馬說「我是馬」

有次我和家人坐在客廳收看 CNN 新聞，那時正值美國總統大選前最後一個週末，電視正在報導準備尋求連任的歐巴馬在七州八大城市展開密集演說的行程。幾乎全程無休，只利用移動時間在飛機上小睡片刻的歐巴馬想必累到極點，但是當他站在眾人面前時，還是跟平常一樣用冷靜而充滿自信的神情發表演說，絲毫不露倦容。

就在歐巴馬開始演說之際，兒子突然說：「我剛聽到歐巴馬說『我是小馬』。」從事自由業的兒子剛結束八個月環繞世界一周的旅遊回國，英語說得還算可以，聽力卻不差。

對於兒子突如其來的解釋感到驚訝之餘，仍不忘讚美他的聽力了得，內心卻疑惑怎麼會聽成了「我是小馬」。

其實歐巴馬說的是「我有點燒聲」"I' m a little bit hoarse."。Hoarse 是形容詞「嗓音嘶啞」的意思，發音跟 horse（馬）一模一樣，又 a little bit（一點點）的 bit 聽漏了，兒子才會聽成了 "I' m a little ... hoarse."「我是小馬」。

hoarse 這個字看似簡單，卻可列為少數英語學習者才會知道的高級單字。

以「燒聲」來說，還有更淺顯易懂的口語表現是 I have a frog in my throat.（有隻青蛙在我的喉嚨裡）。任誰看到這裡都會立即產生聯想，只要記得了就一輩子也忘不了。我也是如此，到現在還記得剛學到這個表現時那種超乎驚訝的感動，原來英語裡像 hoarse 這樣生硬的單字還有柔和中帶休閒的口語表達方式。

又比方在眾多人面前演說、歌唱或表演時可用 get stage fright 來表達「緊張」的感受。例如，I get stage fright whenever I sing in front of a lot of people. 是「當我站在眾人面前唱歌時總是感到緊張」。

用 stage fright「舞台恐懼」這個詞來形容已是趣味十足，但還有個 I have butterflies in my stomach.（我的胃裡有蝴蝶）的口語表現也指相同意思。日本人緊張時會說「心怦怦跳 」，歐美人則以「蝴蝶在胃裡震翅翻攪」來形容之。

在日本，把英語當成社內共通語言的企業不斷增加，並開始積極錄用外國人，正式邁向國際化。

Prologue

然而，學好英語對日本人來說並不是一件容易的事，除了枯燥乏味的單字和片語，還有文法的挑戰，想要提升會話能力和聽力也得經過長期的實用訓練。我想，大部分的日本人把學英語視為是一種痛苦。

感受用英語和外國人交談的「喜悅」之前，必先經歷長期的學習痛苦，也使得英語很溜的人在日本成為受人尊敬與憧憬的對象。尤其是沒有海外留學或居住經驗，僅靠個人苦學卻能說得一口流利英語者，用「眾人崇拜的對象」來形容也不為過，因為這是跨越英語學習障礙的人應得的“榮耀”。

此前我從事的是跟英語有關的書籍、雜誌編輯業務。就日本人而言，我也許很幸運能置身在良好的特殊學習環境，但仍過著每天跟英語惡鬥的日子。在這過程中，成為慰藉、維持我學習動力的是剛才所介紹，有趣的英語表現，引我走進充滿魅力的英語世界。每學到一個單字或片語，不僅增長知識，感受力也不斷提升而變得更加感性。長期下來，我對人生的態度也變得充滿活力與彈性。

本書網羅了各種曾經觸動作者心弦的「世界英語奇趣」表現，我把它分成人生、工作、詼諧、恐怖、動物、人體、植物、色彩、人名、地名和數字等篇章做介紹，盡可能帶入從語源、過程變化到實際應用等內容。讀者應能從中窺視英語系國家的歐美人日常生活模樣、人生觀、感性、智慧，甚至是歷史，並“附贈”個人對英語表現深刻的記憶闡述。

本書原名：世にもおもしろい英語。「おもしろい」在日語有「愉快的」、「滑稽的」、「戲謔的」、「頗有意思的」、「風趣的」、「歡樂的」、「絕妙的」、「感動的」、「知性的」和「雅趣的」意思——說不定「無聊」和「驚恐」也是種趣味。

本書集結了前述多元的英語奇趣表現。在讀者疲於練英語，完全感受不到學習成效而自暴自棄「乾脆放棄算了」的時候，請務必讀讀看本書，或許能讓各位在英語的沙漠中發現一片綠州，滋潤枯竭的心。

來吧，按下“加把勁” 開關，共同在英語之旅中續航前行。

Have fun!

目次 Contents

人體篇 91

植物篇 117

色彩篇 129

目次 Contents

人生篇

From Cradle to Grave

——鸛鳥送子——

I was born in Japan.「我在日本出生」——這是我中學上英語課學到被動式時教科書上的例句。記得老師說「這是被動語態，基本形是 be 動詞加過去分詞」，又說「站在英語的觀點，你們是『被生出來』而不是『自己出來』」。這番話聽得正值思春期的我想歪而引來一陣胡思亂想，課後問同學，原來大家想得都一樣。

born 是 bear 的過去分詞。一般來說時態變化是 bear-born-borne，最後的 borne 是過去分詞，所以「她生了三個孩子」是 She has borne three children.。但 be born 是個例外，最後一個字母 e 不見了；而例外中的例外是，遇到用 by 來指定是誰生的時候，就會像 Three children were borne by her.「那三個小孩是她生的」一樣，又變回 be borne（e 又回來了）。到底是誰把文法搞得這麼複雜的啊？

大家都知道 bear 是「熊」，但是在這裡請先把「熊」給忘了。bear 還有很多解釋，可大致分成「生孩子」、「搬運」和「忍受」三種意思。根據查看各種語源辭典的結果，在五世紀中葉到十一世紀末為止的古英語裡，bear 原來只有「生孩子」和「搬運」兩種意思。有一說是懷孕中的婦女帶球走，所以 bear 才有「生孩子」和「搬運」的意思，但我對此抱持懷疑的態度，因為關於「生孩子」和「搬運」，還有更浪漫的說法。就像歐洲有個傳說是「嬰兒是白鸛送來給人類的」，這個傳說結合了「生孩子」和「搬運」的雙層含意。白鸛有個很好聽的學名叫 Ciconia Ciconia，但一般被稱為 white stork。The white stork came bearing a baby. 是「白鸛送子而來」，這裡的 bear 為暗示「生孩子」的「搬運」之意。

那麼 bear 的「忍受」之意又是從何而來？我們不難想像「生孩子」和「搬運」都必須忍受極大的痛苦。試想在沒有卡車、火車和飛機等交通工具的時代裡，背負重物長途跋涉是一件艱辛的事。就算可以把行李放在推車上推著走，遇到陡坡時不得不使勁推，一旦車輪陷入泥坑，還得拼老命拉拔才能脫身。古人肯定認為「搬運」跟痛苦和忍耐是劃上等號的。

跟這有關的單字 travail，是「骨折」、「痛苦」和「（分娩）陣痛」的意思，源自「旅行」的 travel。確實古人旅行大部分採徒步方式，辛苦又伴隨幾多危險。要說交通工具，最多不過馬車或船隻，乘船也常傳出因颱風遭難的事故，「旅行」無疑是賭上性命的行為。從這裡不難想像「旅行」、「搬運」和「生孩子」都是必須忍受艱難和痛苦的事。

——含銀湯匙——

美國友人生孩子，我送了他一支銀做的湯匙。「出生於富裕家庭」也可說成 be born with a silver spoon in his／her mouth（嘴裡含銀湯匙出生）。也許是因為這樣，歐美從以前就有送銀湯匙給新生兒的習慣，祝福那孩子能有一輩子吃不完的食物。這個表現來自過去英國人為嬰兒洗禮時，教父（godfather，為嬰兒取名的人）會贈送湯匙，而湯匙的材質因身分和經濟能力有所差異。

那位友人用謝卡（thank-you note）回禮時，很幽默地寫上“My son was born with a wooden spoon in his mouth, because I am not so rich.” 指「我兒是含木湯匙出生，因為他老爸不是太有錢」。

日本也有越來越多人仿此習俗，把銀湯匙當作祝賀新生兒誕生的禮物，還可在純銀的湯匙上刻字，註明嬰兒名字、生辰年月日與時間、體重和身高等。

但最近聽說贈送富裕人家銀湯匙是種不禮貌的行為。八成是因為本來就是含銀湯匙出身，也就沒那個必要了吧。日本人忌諱「送人梳子和鏡子」、「帶菊花去探病」等，而歐美習俗也有各種禁忌。

順便一提，日語的「梳子[01]」聽起來像「苦死」；鏡子會「破」代表不吉利而成了送禮禁忌。另有一說是，送人梳子和鏡子就好像暗指對方「相貌不端，好好照照鏡子，用梳子端整容顏吧」，有失禮貌。而菊花是拿來獻佛的「佛花」，帶把菊花探病是給病人觸霉頭。

──我可不是昨天才打娘胎出來的──

I wasn' t born yesterday.（我可不是昨天才打娘胎出來的），也是跟 born 有關的表現，有「可沒那麼簡單就上當」、「這種事我怎麼可能會不知道」、「我可不是新來的」意思。

舉例來說，有個愛吹牛的人說了一件簡直難以置信的事，聽得其他人轉頭問你“Did you believe his story?”「你相信他說的嗎？」時，可用“Oh, come on. I wasn' t born yesterday.”「哦，拜託，我又不是菜鳥」來回答，即「才不會上這種當咧」。還有一個可以應用的場景是，當同事好意提醒你「跟老闆娘講話時要客氣一點」“You should be polite when speaking to the boss' s wife.”時，也可以用“Hey, I know it. I wasn' t born yesterday.”讓對方明白「這種事還用得著你說，我又不是剛出社會」。

01 櫛（くし）。

之前從一個在商社上班的日本朋友那裡聽說 I wasn' t born yesterday. 這句話曾帶給他很大的麻煩。有天朋友把車停在舊金山（San Francisco）路邊停車格到附近辦點事，由於美國道路很寬，靠路邊的線道規劃有投幣式計費停車格（近年東京市內也開始出現這種路邊停車格）。等他辦完事回來已經超過停車時間，計時器的紅燈閃個不停，礙於手上沒有零錢，心想乾脆下次再補上，於是上車發動引擎。正準備離開時，一位男子走過來敲打車窗，朋友搖下車窗後男子問他：「明明就過時了，為什麼不繳錢？」朋友說明原因，表示下次會補上時，男子說自己是計時器管理員，「很明顯的這是違法停車，要付六十美元罰金」。但那人怎麼看都像個流浪漢，根本就是路過見狀以為朋友好欺負，想來個恐嚇取財。

朋友於是要求對方出示身分證，男子推辭「沒帶在身上，放在辦公室了」，兩人的對話從平靜漸漸轉為火爆。這時朋友的腦子裡突然閃過那句記了很久還沒機會派上用場的英語，「就是現在，現在不用的話就一輩子都用不到了！」於是大喊“I wasn' t born yesterday!”——頓時男子的表情變了，“邊喊“Hey, you!”邊把手伸進車窗意圖抓住領帶，但很快被撥向窗外，朋友趕緊踩油門加速逃離現場。

他回想當時的情況，「沒料到 I wasn' t born yesterday. 竟是如此強烈的表現。」語言會隨情況變化表現強度，跟了解彼此的朋友和家人用開玩笑的口吻陳述時無傷大雅，但是對於不怎麼親近的人還是避免使用 I wasn' t born yesterday. 為妙。

——「結婚」這種結合——

「結婚」除了 marry 還有一個常見的英語表現是 tie the knot。knot 是「打結」、「繩結」的意思。日語的「結婚（漢字：結婚）」和「訂婚（漢字：結納）」也用到「結」這個字。以前的結婚儀式裡，新郎和新娘會相互在對方的手臂或衣袖繫上絲帶做為兩人「結合」的象徵，而有了 tie the knot 的說法。

knot 也表船速單位（節）。過去計算船速的方式是把打上等距繩結的繩索盤好放到船上，隨船的移動把繩索拋向海面，經過一段時間後便可根據拋進海裡的繩結數量計算出船行駛的速度。所以表船速的 knot 是從繩結而來，而 1 knot 約時速 1.85 公里，20 knot 便相當於時速 37 公里。

跟結婚有關的英語表現還有 always the bridesmaid, never the bride（老是伴人出嫁，自己卻成不了新娘），意指「看似能實現卻總是希望落空」或「老是當配角，永遠無法成為主角」。在遇到有機會升遷但最後老是被對手超越而與之無緣，或是勝利就在眼前但最後不免獎落他人的情況下，也適合用這句話來自我解嘲。

——害喜是「晨間病」——

用英語表達「懷孕」時，除了 pregnant 還有其他多種講法，例如 She is going to be a mother.（她快要為人母了），也可以用帶點戲謔的語氣說成 She' s big with child.（她因為肚子裡有小孩而發腫）

其他如 expecting 也是常見的表達方式。She is expecting (a baby). 是她懷著「期待的心情」等待孩子的出生到來，後面的 a baby 經常被省略不說。日本 JR 電車車廂內的英語廣播也用“elderly people, handicapped persons, expecting mothers”來表達優先使用博愛座的對象，包括「長者、行動不便者和孕婦」。英語裡有很多類似的委婉表現。

那麼「害喜」的英語又該怎麼說？答案竟然是 morning sickness（晨間病）。據說是從早晨空腹多催人噁心想吐而來。但是根據日本一個專為害喜的人設置的網站「若葉標誌俱樂部[02]」所做的調查，針對「一天之中害喜最嚴重的時段」一問， 大多數的孕婦回答是在「傍晚六點到半夜十二點」。這麼說來害喜應該比較適合用「夜間病」的 evening sickness 來形容才對。

02 若葉マークくらぶ。

——帶槍上結婚禮堂——

說到「懷孕」，還有個片語是 shotgun marriage，也可說成 shotgun wedding。硬要解釋的話是「奉子成婚」，但又不像我們想的那樣。我一開始以為是精子像子彈一樣快速射向卵子而出乎意料懷孕，又或者是雙方剛開始約會不久就傳出懷孕，因而閃電結婚。在經過各種調查之後，才知道這是多麼美式的表達方式。

原來是得知女兒懷孕的老爸持槍前往男性家裡逼婚，用槍架著對方來到教堂，不容分說地強迫他和女兒結婚。另有一說是，帶槍參加結婚儀式免得新郎逃跑。

為什麼要防新郎逃跑到這種地步？最簡單易懂的說明是，電影【畢業生 The Graduate】裡男主角達斯汀 · 霍夫曼衝進教堂帶新娘奔逃而去的那一幕。我不知道在日本究竟有多少人能理解那是多麼極限的一刻，一旦在神的面前發誓之後就等同跟神打了契約，再也無法取消和身旁的人結婚、共度一輩子的約定。所以，要逃的話，就得在站到祭壇上於神父面前對神發誓之前，否則就會被婚姻關係套牢。

——在幻想與現實的夾縫中——

「愛」是眾所皆知的 love，「陷入愛情」是 fall in love。「交往」可用 go with、go out with 或是 see，但一般用現在進行式的 going with 或seeing來表達持續碰面的狀態。例如，Yoko is going with John.「（容子和約翰交往中），或是 Who is she seeing now?（她現在跟誰交往中？）

但有趣的是深陷愛情或是遇到好事發生時那種「雙腳離地（飛起來）」興奮不安的表現。fall head over heels in love with her（愛她愛得頭落在腳跟上）是「沉溺於愛情之中」。這句話裡，原本用來形容「頭下腳上」倒立狀態的 heels over head 不知從什麼時候開始對調成了 head over heels，高度表現出何止是心，就連身體都亂成一團的狀態。

木匠兄妹（Carpenters）有一首暢銷歌曲叫< Top of the World >（Richard Carpenter 作詞 · 作曲），意為「世界之巔」，但也有「歡天喜地」、「獲得成功」的意思。其中一句歌詞 “Your love' s put me at the top of the world” 直譯為「你的愛把我置於世界之巔」，亦即「和你相戀帶來無上的幸福」，唱出了女性遇到好的交往對象時簡直要飛上天的心情。

還有個叫 cloud-cuckoo land（空中布穀鳥國）的表現，是出自古希臘喜劇作家阿里斯托芬在西元前五世紀創作的【鳥】劇裡的空中理想國。劇中兩個雅典人因厭倦地面生活而招集鳥群在空中建造一個「布穀鳥國」cloud-cuckoo land，被視為神與人之間的國度。cloud-cuckoo land 由此引申出帶有「脫離現實、充滿安逸之幸福國度」的諷刺意味，例如 She is living in cloud-cuckoo land. 是「她活在脫離現實的夢想世界中」。

用到 cloud 這個單字的還有 cloud nine。I' m on cloud nine. 是「處於最高境界的幸福」。這話怎講？留到〈數字篇〉說明。

接著介紹跟幸福相反，因現實生活過於慘澹而逃進幻想世界的表現。castle in the air「空中樓閣」和 build castles in the air「築起空中樓閣」是妄想現實世界裡不可能發生的事、設想無法實現的計畫。

音樂劇電影【悲慘世界 Les Misérables】裡年幼的珂賽特吟唱的＜ Castle on a Cloud ＞（Boublil Alain ／ Natel Jean Marc 作詞．Schonberg Claude Michel 作曲）是「雲端之城」的意思。歌詞開頭便是“There is a castle on a cloud ／ I like to go there in my sleep”（雲端有座城堡，我想在夢中去到那裡），道出了悲慘境遇中至少在夢中能享有片刻幸福的深切渴望。

先不論快樂和痛苦的感受，英語還有很多跟「心不在焉」相關的表現。walk on air（漫步空中）是如同漫步雲端的「得意洋洋」感受，跟「想入非非、白日夢」的have one' s head in the clouds（腦子浮在雲端）一樣都是屬缺乏現實感的表現。反之 get one' s head out of the clouds（把頭探出雲層）是「回到現實」的意思。經常可聽到 Get your head out of the clouds and get back to work. 被用來指示人「別發呆，快回神去工作」或「快回去工作」。

Wake up and smell the coffee.（醒來嗅一嗅咖啡香）也是要人「回歸現實」、「正視現狀」，含有注視現在正不斷發生的問題，儘早處理的意思。

從這裡又可聯想到 Stop and smell the roses.（停下來聞聞玫瑰香），是在看到親朋好友陷入痛苦或是過度埋首工作而忽視身邊的一切時，用以規勸對方「稍微放鬆，享受日常生活與看看美好事物」的說法。

——迪士尼老爹——

divorce 是「離婚」、separate 是「分居」，但如果像 She has left her husband. 用的是 leave 的話，就成了「她拋棄了自己的丈夫」。戀

人也好夫婦也好，「分手」時用 split up 或 break up，相同片語也可用在兩人團體或樂團「解散」的時候。

說起「離婚」，天主教至今仍原則上不認可夫婦離婚，但可溯及婚姻關係成立時的妥當性，訴請「婚姻無效」，概念跟離婚不同。與華盛頓特區隔著波多馬克河相望的阿靈頓國家公墓是美國前總統約翰・甘迺迪的安息地。甘迺迪屬愛爾蘭裔，也是美國第一位信奉羅馬天主教的總統。看到一旁是生前與之形影相隨的第一夫人賈桂琳的墓時，我心中湧起一股疑惑：賈桂琳在甘迺迪死後跟希臘船王歐納西斯再婚，怎麼死後還能葬在前夫身邊？

詢問附近一位脖子上掛著名牌看起來像管理員的人之後，對方很親切地為我解釋，「賈姬也是天主教徒，她跟甘迺迪是死別而非離婚，再婚並不違背宗教信仰。據說賈姬生前和再婚對象歐納西斯的關係極差，也許是這樣才想在最後長眠於甘迺迪身邊。」

我想到之前剛學到一個倍感震驚的英語叫 Disneyland daddy「迪士尼老爹」，指離了婚或是和妻子處於分居狀態的男性，在少數可以跟孩子固定碰面的日子裡，身為父親的總會想辦法讓孩子感到開心，例如一起去迪士尼樂園玩。起因對孩子和父親來說雖然都是不幸的事，但「迪士尼老爹」還真是風趣的形容。

Disneyland daddy 原本叫 zoo daddy「動物園爹地」，但迪士尼樂園比動物園更有人氣而取代了 zoo。

——把葉子翻轉過來的時候——

美國人有 mobile people（移動民族）之稱，確實和日本人比起來美國人經常搬家、換工作。英語有句知名的諺語叫 A rolling stone gathers no moss.，日語翻成「滾石不生苔[03]」，旨在教人頻繁變換生活方式和工作並沒有好處，要在同一件事上不斷鑽研精進才能出人頭地，是重視「忍耐」的表現。我跟一個英國人確認這句英語表現在他的國家是否也是同樣意思時，得到「在英國也是如此」的肯定答覆。

但是在美國很多人對該諺語的認知正好相反，把它解釋為：如果不動的話就會像河川裡的石頭長出多餘的青苔，所以要持續變化，常保身心年輕。

記得一位長年在日本居留的美國友人透露出回國的想法時，對我說“I' ve decided to turn over a new leaf.”，意思是「決定邁向新的人生」。那時我找了一張秋日紅葉下的長凳坐下，拾起一片飄落的葉子，在靜謐的一刻想像把手上的葉子輕輕翻轉過來之後就代表拋棄過往的一切，開啟新生活的景象……多麼浪漫的說法啊！

但是在查閱各種資料後發現，那句話的leaf原來不是指「葉子」，而是書本和筆記本的頁面。說來日語也用「葉」來表示紙張和照片的單位名詞，在職場會議和簡報的時候，年紀大的日本人偶爾也會用「請看次葉[04]」指示其他人翻到資料的下一頁。為謹慎起見，我也查看了《廣辭苑》裡「葉」字的解釋，第二項寫的是「像葉子一樣扁而薄的東西。又或計算那種物體的單位」。

思考turn over a new leaf的意思時，最容易的是想像打開日記裡的空白頁，或是翻到小說的下一頁展開新故事旅程的場景。日語也有像「青春的一頁[05]」這種詩意的表現，知道英語也有同樣發想，不由得感到開心。

——浴火重生的鳳凰——

人生難免遭到挫折，有人遇到「破產」go under、go bankrupt，有人經歷公司「倒閉」go out of business（也可解釋為破產），對於「不向外求助金援，奮勇求生」者則以keep one' s head above water（把頭露出水面）來形容。

---

03 転がる石には苔が生えない。

04 次葉をご覧ください。

05 青春の1ページ。

日本用「浴火鳳凰[06]」來形容就算遇挫也不服輸，捲土重來的人。這可能是來自英語「像隻鳳凰浴火重生」rise like a phoenix from the ashes 的表現。記得小時候在手塚治虫漫畫《火鳥》的電影版裡看過鳳凰從灰燼中復活、展翅高飛的一幕。

「破產」還有個說法是 go belly up，這個片語也有「死定了（一般用於公司行號）」的意思，來自於魚死後翻肚朝上的聯想。

——跟祖先會合——

日語裡也有很多「死亡」的同義詞，以中文來說就像有「歿」、「逝世」、「往生」、「斷氣」、「永眠」和「成仙」，還有罵人的「見鬼去吧」等無數種說法。

「死亡」的英語，直覺想到的是 die 以及委婉表現的 pass away。因事故或死於戰爭者是 be killed，而 expire 這個動詞在臨床是「斷氣」、「臨終」的意思，也有「期限到期」和「失效」的含意，例如護照「效期截止日期」欄的英語標示為 Date of expiry。expiry 是 expire 的名詞形，有合約和保證期限「期滿」、「終止」和「消滅」的意思。

06 不死鳥のようによみがえる。

由阿諾・史瓦辛格主演的系列電影【魔鬼終結者】英語片名為“The Terminator”是「終結者」的意思。動詞的terminate有「了結」、「解僱」與「暗殺」之意，而terminate one' s life是「終結某人的生命」。

其他還有很多意謂「死亡」的說法，如return to dust（歸於塵土）、breathe one' s last（嚥下最後一口氣）、go to one' s final rest（進入最後休息）以及在某種狀態或地點終了一生的end one's days (or life)等。

pop off也被用作「死亡」的口語表現。pop就像popcorn爆米花一樣有「砰地一聲」，也有「突然出現」、「離去」的意思，後接表「離開」、「消失」的副詞和介系詞的off時就成了「暴斃」。令我感到驚訝的是，check out也在「死亡」之列，好比從飯店「退房」一樣溘然長逝——真是何等輕如鴻毛的表達方式啊。

聖經裡常見give up the ghost的用法，這裡的ghost不是「幽靈」，而是「魂魄」、「靈魂」的意思。日本人認為人死後靈魂會出竅，而這句英語也表達了「棄靈」、「與靈魂斷絕關係」的意思。其他在宗教層面對死亡的莊嚴陳述還有be called by God／Heaven（蒙主寵召）、be called to Heaven（被召喚到天國）、be called to one' s eternal rest（永眠主懷）等。meet／go to one' s Maker也指死亡，知道為什麼嗎？從Maker的字首大寫就能想像這是指「人類的創造者」即「神」的意思，所以「和創造者會面」、「去到創造者身邊」就是上天堂的意思。

和祖先會合的 join one' s ancestors、和親愛的丈夫會合的 join one' s dear husband 也都是「死亡」的意思，但後者指的是身為寡婦者過世的情況。這種後來過世的人可在那個世界與早先辭世者碰面的想法，似乎跟日本是一樣的。日本媒體報導藝人公祭儀式上友人代表致辭時，常可聽到「再過不久我也會去到你那裡，到時再盡情把酒言歡」之類的弔辭。

cash in one' s checks 是另一個「死亡」的口語表現，我曾把它誤解成字面上「把支票兌換成現金」的意思，就像如果聽到開立支票的人突然身亡，難道不會想要立刻兌現手上的支票嗎？其家人和親戚也許已經開始討論遺產繼承的事宜也說不定。這是我對「cash in one' s checks ＝兌現支票＝死亡」的理解。然而英英辭典裡寫到「cash in one' s checks = cash in one' s chips」，chips 是賭搏時取代現金的塑膠籌碼，checks 也有相同意思，所以把賭博贏來的籌碼結清兌換成現金，就是「死亡」的意思。

buy the farm 是比較老舊的「死亡」表達方式，從第一次世界大戰在前線陣亡的美國士兵遺族可領到足以「購買莊園」的賠償金而來。

在這麼多「死亡」的同義詞裡，公認最具代表性的是等同「蹺辮子」

的 kick the bucket（踢水桶）這個口語表現。為什麼這麼說就留待〈恐怖篇〉說明。

——天鵝之歌——

來轉換一下心情，介紹一個頗具詩意的英語表現 swan song。傳說天鵝是不會叫的鳥，只在臨死前發出優美的鳴聲，swan song 因而被用來表示運動選手「引退前最後一場比賽」、作家「絕筆」或演員的「最後一場公演」。

這麼說來，1970 年代初期日本作家庄司薰寫了一部小說叫《聽不到的天鵝之歌[07]》。一看會以為是描寫年輕男女淡淡的愛情故事，深入閱讀後能感受到這是一部很有深度的優秀作品，內容是關於年長者腦中累積的大量知識將隨生命機能的停擺而消失。既是如此，追求博大精深的學識對人生的意義何在？何謂人生？何謂死亡？知識又是什麼？……等問題。

庄司薰應該也早已過 60 歲（譯註：1937 年生）。想拜讀過去芥川獎得主作品的，可只有我？

---

07 白鳥の歌なんか聞こえない。

工 作 篇

Funny Business English

——在月光下工作——

有次跟一位英國作者一起檢視原稿，時間很快進到深夜，他看了看手錶，對我說的“Let' s call it a day.”那句話，至今仍深印腦海中。直譯是「那就稱它為一日」，其實是「今天（工作）就到此為止」的意思。若是在夜間，也可用「稱它為一夜」的 call it a night 來表示，即「今晚就到此為止」。

說到夜晚，在正職以外「兼差」、「打工」叫 moonlight。因為是月光下避人耳目安靜工作的意思，所以 He is moonlighting as a bartender 是「他在夜間兼差當酒保」。moonlight 原本指「販賣私酒」，這種不法勾當然得在不會引人注目的夜晚進行，當名詞使用時也有「私酒」的意思。如果說「從事副業」是 moonlight，那麼「本業（main job ／ regular work）」就是 day job。此外，同樣有個 day 的 day laborer 是「按日計酬的散工」，而 day labor 是「按日計酬工人所做的工作」。

「殷勤工作」是 work hard，「長時間工作」是 work long hours，「加班」用 work overtime。若為「日以繼夜趕工」、「二十四小時連續作業」、「從早到晚做個不停」的情況，則借用時鐘的 clock 來表現，寫成 work around the clock。形容為了搶在某個時間點前完成而拼命工作的話，可用 work against the clock，有逆時針方向加快進度的感覺。此外，形容「像時鐘一樣準確」嚴謹的照著進度執行時，可用 like clockwork。

日本人常用「連喘口氣的時間都沒有[01]」來形容忙到不可開交，英語也有同樣的表現, 例如 I hardly had time to breathe yesterday. 是「我昨天（忙到）連呼吸的時間都沒有」。這也算是英語特有的誇張表現。

——難度高的工作、簡單的工作——

工作有難易之分，辛苦、困難的工作是謂 a tough job、hard job 或 difficult job（三者的 job 均可用 work 或 task 來取代）。而 formidable task 是個小有深度的說法，為「難以對付的工作」。其他還有充滿英語特有風趣的表現叫 high wire act。high wire 是高空鋼索，所以 high wire act 是「跟走高空鋼索一樣困難而危險的工作」。

反之，輕鬆的工作當然是 easy job。不管是工作、學校考試或資格考試的時候，最常被用來表達「易如反掌」、「跟吃飯一樣簡單」的英語是 a piece a cake（一塊蛋糕），例如 The entrance examination was a piece of cake. 是「入學考試很簡單」，Piloting a plane is a piece of

---

01 息つく暇もなく。

cake. 是「駕駛飛機一點也不難」。

為什麼a piece of cake是「簡單的」意思？我試著查看各種文獻資料，裡頭寫的盡是「原因不明」。坊間比較常見的說法是「因為一口就能把蛋糕吃掉」。吃蛋糕很容易，做蛋糕就需要一點工夫了，但是一位美國男性友人曾經很自豪地對我說：「我十分鐘就能做出一個蛋糕，很簡單的！」。

相同意思還有 as easy as pie（像派一樣簡單）的表現方式。這讓我想到還有as American as apple pie「像蘋果派一樣具有美國特色」的片語，以及 American mother and apple pie[02]「美國大媽和蘋果派」的慣用說法，在日本來說就是「阿母跟味噌湯」。

從這裡不難想像 pie 為什麼意味著「簡單」、「容易」。肚子有點餓的時候，只見媽媽施展慣用招術很快變出一個蘋果派來充飢，是很多美國人小時候共同的記憶。也許是這樣，美國人的腦子才會被刻上「派」能簡單製作、立即上桌的印象的吧。

跟「容易」有關的表現還有很多。a walk in the park 是「像在公園散步一樣簡單」，例如 Using a computer is a walk in the park. 是「操作電腦是件很簡單的事」。

---

02 也作 motherhood and apple pie，指受到大部分美國人肯定且認為重要的事物。

03 目をつぶってもできる。

另一個讓我感到鬆一口氣的是，日本人用「閉著眼睛也能做[03]」來表達輕鬆上手，同樣的說法在英語也有，是 I could do it with my eyes closed.。可見同樣是人，能想到的也差不多。

再介紹一個勸人「不要那麼煩惱，其實沒那麼難」的趣味說法，It' s not rocket science.（那又不是火箭科學）——好個拐彎抹角的幽默表現。聽到這話的人一定能放鬆肩膀，從壓力中被解放出來，即使只是那麼短暫的片刻。

——為什麼 fire 是解僱？——

「僱用」有 employ、engage 跟 hire。也許大部分的日本人都覺得「僱用」是 hire、「解僱」是 fire，兩者很容易混淆。但 h 和 f 帶來天堂和地獄的差別。

仔細想想，fire 原來是「火」，為什麼會成了「開除」、「砍頭」的意思？最常聽到的理由是，fire 也有「發射」的意思，從公司把員工射向外部就成了「解僱」。另一個說法是，fire 之所以成了「解僱」是從 discharge 這個單字而來。discharge 是從義務和勤務中「解放」的意思，進而引申為「解僱」。discharge 還有「開槍」、「發射」的意思，跟

fire（發射）是同義字，因此 discharge 多重解釋之一的「解僱」也被 fire 所取代。個人覺得這個說法的可信度比較高。

「解僱」還有 dismiss、sack 等說法，其中不乏 ax（英式英語寫成 axe）的可怕用法。ax 是「斧頭」，感覺就像要「砍頭」一樣。show someone the door 是老闆對員工下達開除令後，指示出口方向的動作，即「解僱」的意思。

以前美國的解僱通知是印在粉紅色紙上，所以「解僱通知書」在過去又叫 pink slip，現在也用 He got his pink slip.（他收到粉紅單了）來表達「他被開除了」。pink slip 讓我想起日本在戰爭時期徵召入伍的通知書是印成紅色而有「赤紙」之稱。

「臨時解僱」的 layoff 和「事業重整」的 restructuring，很不幸地在日本也成了耳熟能詳的用語。還有一個不常見的單字 furlough，是「解僱」和「放無薪假[04]」的意思，也有派駐海外的軍人、公務人員「休假」，或一般勞動者因私人理由「休假」、「停職」的意思。

這讓我想起日本公立就業服務機構「Hello Work[05]」，過去叫公共職業安定所，簡稱「職安」。現在的暱稱是前勞動省（相當於勞工局）公開招募得來，有「哈囉，工作」的意思，我一直覺得這是個挺有趣

04 日語叫「一時帰休」，指員工因人手過剩被迫臨時休假。

05 ハローワーク。

的命名。

然而一位長居日本的美國人對我說，「我以前還以為『Hello Work』是『Furlough Work』，因為日語裡h和f的發音聽起來很像」，他認為想出Hello Work這個名稱的人一定也知道furlough這個單字。雖然我覺得他可能想太多，但果真如此的話也只能把這個巧合視為“奇蹟”。

——告密者是吹笛人——

「告密者」的英語叫whistleblower，「告密」是blow the whistle，從體育競賽中裁判吹笛的舉動而來。告發組織內部不法情事的員工經常遭到反起訴、人事報復等重度不利的情形。為了保護這些人，美國制定了《內部告發者保護法》Whistleblower Protection Act。

也有一種人是不到告密的程度，而是胡亂批評他人工作與人格的，這種人幾乎都會被反批「自己什麼也不做還……」。常言「公司要的不是評論家」，英語也用backseat driver來形容「什麼都不做，只會批評的人」，就好像坐在後車座還囉哩囉嗦、愛給意見的傢伙。

另有一種是騎牆派的 fence-sitter，即「中立者」，想成「坐在柵欄上看熱鬧的人」可能比較容易理解。這個字也有觀望情勢發展，試探哪個方向對自己才是有利的「猶豫不決者」之意，等同日語的「日和見主義者」（情勢觀望者）或是「風見雞」（見風轉舵者）。He' s still sitting on the fence. 是「他仍在觀望，尚未做出決定」。

在英國有個類似說法叫 backbencher「後座議員」，是指坐在國會議員席後方者，那裡同時也是經驗淺顯的英國下議院普通議員坐的位置。backbencher 在日語翻成「陣笠議員」，指無足輕重的普通議員，從古代戰場裡下級士兵沒有頭盔可戴只好拿草帽充其量而來。因此「陣笠議員」在表決時僅為湊人數而舉手，是不主動為改革國政而努力，只接受地方選區陳情的小議員。

armchair critic 是「坐在扶手椅上的評論家」，指的是仰坐在扶手椅上，什麼也不做、成不了事又喜歡表現得像專家一樣，講得頭頭是道的人。

在美國還有個更有趣的名詞叫 Monday morning critic「星期一晨間評論家」，指喜歡在星期一早上針對前一晚的美式足球或職棒賽等發表各種評論的人。類似的還有 Monday morning quarterback「星期一晨間四分衛」。四分衛是美式足球裡主導全隊攻擊的靈魂人物，「星期一晨間四分衛」讓人腦中浮現，什麼都不懂的人還擺出一副傲慢的姿態批評選手和教練戰術的模樣。這兩個名詞都有「事後諸葛亮或根據結果高談闊論的人」之意，相信你我身邊都有這類人物存在。

然而公司內部也不盡然只有敷衍了事的傢伙，仍有盡忠職守的人。一般來說「負責任」會講成 take responsibility，但還有其他多元的表現方式，如 carry the weight of the world on one' s shoulders（把地球的重量背在肩上）是「一人承擔重責」的意思。put one' s shoulder to the wheel（用肩膀扛起陷進泥坑的馬車車輪）是不發表多餘的言論，「努力工作」的意思。

關於「被迫承擔責任」有個誇張的說法是 He was crucified for making a big mistake.（他因為犯了大錯被釘在十字架上刺死）。此外，heads will roll（頭將在地上滾）也是個令人心驚膽跳的說法，用在出現嚴重失誤或公司業績大幅下滑，內部傳出「有人要因此倒大楣」的時候。

—deadline 是死亡線—

曾幾何時日本商場上也用起「deadline」這個詞。記得第一次從美國人那裡聽到「截止日」叫 deadline 時，對於用詞如此沈重感到有點震驚——拖過期限後就是死路一條！而當時的回憶彷彿是昨天才發生的事。

仔細想想deadline直譯是「死亡線」。沒錯，這個字正是從「死亡線」而來。其源由得追溯到美國南北戰爭時，當時的戰俘收容所在離監獄半徑 17 英尺處畫線做記號，只要戰俘超過這條線就會被毫不留情地射殺身亡。deadline 也在不知不覺中變成表示「期限」的意思。

——黃金手銬——

從其他公司「挖角」叫 headhunt，現在也有專門的人才顧問公司。想想 headhunt 駭人的程度還真不下於 deadline ——不正是獵人頭嘛！而 headhunter 是「獵人首級的部族」。

總之，每家公司都有優秀傑出的人才，想要確保這種人不被其他公司給挖走，就要以優厚的條件來留住人才。golden handcuffs「黃金手銬」指的便是指 1980 年代後期的美國提給優秀員工的破例待遇。cuff 是「袖口」，cufflink（一般用複數形的 cufflinks）是「袖扣」，而 handcuffs 是「手銬」。出示 golden handcuffs 的時機多在更新合約的時候。在日本，職棒選手取得自由球員（FA）資格後，球團為留住球員也會提出破例的優厚條件，為球員銬上「黃金手銬」。

——腦中風暴——

團體聚在一起討論創意發想的行為叫 brainstorming「腦力激盪」。喜歡簡稱的日本人用「布雷思透[06]」來稱呼之。brainstorm 字面雖是「腦中風暴」，原來指的是「靈感」和「靈光一閃」。

brainstorming 並非定型化會議，而是為了產出什麼而舉行的創造性思考會議，是 1930 年代後期美國一家廣告代理公司副總 Alex Osborn 想出來的。

腦力激盪有幾個規則。首先，參加者能盡情發言自己想到的內容。不對，是必須這麼做。然後盡全力提出大量的想法（idea）。在這過程中最該注意的是，任何發言都不應受到地位、年齡和經驗差異的影響，再來是不可批評他人的意見。在日本，會議進行有一定的程序，不順從程序發言的人經常會被批評為「不懂得看場合說話的傢伙」。但是在「布雷思透」會議裡，沒有所謂的起承轉合，任何離奇古怪的想法都受到歡迎。總之就是想到什麼說什麼，最後再從中挑選出具前瞻性

06　ブレーンストーミング→ブレスト。

的創意，融合眾人的想法加以改善。

──委員會創作的馬──

想要產出創意，透過集思廣益的 brainstorming 固然是不錯的方法，但我覺得集合眾人，逐一確認與決定公司方向的會議也是必要的。集結眾人跟工作有關的個別經驗與知識，應能做出正確的判斷。

但是朋友的公司來了一位從其他企業挖角來的美國人執行長，他說：「日本公司裡有太多不具生產性的定型化會議。如果把所有會議出席者的時間換算成時薪的話，可是一大筆支出。必須設計一個合理的體系讓每個員工的工作都能直接產生收益」。

這話讓我想起了 Too many cooks spoil the broth.（太多廚子會把湯給做壞了）的諺語，跟日語「艄公多，撐翻船[07]」的意思一樣，都是指「人多誤事」。相同意思還有個令人驚訝的說法是 A camel is a horse invented by a committee.（駱駝是委員會創作的馬），表達出在眾人討論之下，為了做出一隻讓每個人都能滿意的馬，結果成了像駱駝一樣畸形古怪的形狀。有道理！

07 船頭多くして船山に登る。

詼諧篇

Witty Expressions

——橡膠脖子——

英語裡有很多讓人忍不住拍案叫絕的風趣表現，主要流行於美國的 rubberneck bus（觀光巴士）便是其中之一。

rubberneck 的字面解釋為「橡膠脖子」。觀光巴士導遊會在路上發號施令「請看右邊」、「請看左邊」，沿途解說名勝景點。乘客也隨導遊一聲令下齊聲轉頭，左右觀望。有時導遊指向左邊，在解說過程中那個景點已經落到車子左後方，「啊～跑到左後方去了」，順著指示乘客又加大迴轉度看向左後方。整車乘客一會兒向左、向右，一會兒又向後方轉頭，那脖子彷彿橡膠做成的，也成了 rubberneck 的由來。所以「團體觀光客」也可說成 rubberneck 或是 rubbernecker。

rubberneck 當動詞使用時是「伸長脖子張望」的意思，尤其含有「滿懷好奇心伸頸轉頭觀望」的意味，多用於小偷伸長脖子張望圍在高牆背後的家中景像，或是駕駛人放慢行車速度觀看一旁車道交通事故現場的情況，因此 rubberneck 還有「看熱鬧的人」的意思。

——跟漫畫一樣的表現——

catch some Zs 是個像漫畫一樣幽默的表現。知道這是什麼意思嗎？之前在〈工作篇〉裡曾提到有次工作到深夜，共事的英國人用 “Let' s call it a day.” 來指「今天就到此為止」的事。其實他在那之後接著又說 “I want to go back home and catch some Zs.”（我要回家睡覺了）。英語漫畫裡用 “Zzzzz...” 來表達打呼聲，所以補捉（catch）好幾個 Z 就成了「睡覺」的意思。

ring off the hook 也是個充滿漫畫風趣的表現，表「電話響個不停」、「電話蜂湧而至」。早期的電話是掛在牆上，ring off the hook 是電話來時接二連三大噪的鈴聲好似要把電話機從掛勾給震飛的誇張表現。off 有「離開」的意思。

這麼說來，早期的迪士尼卡通等也有電話鈴響的同時，整座話機渾身抖動到最後還跳起來的一幕。記得我剛開始用手機的時候，第一次看到設定震動模式下，放在桌上的手機因來電而震動的情形，竟不由得感動起來——現實世界終於追趕上漫畫的世界了！

關於電話的英語表現，我從以前就有個疑問是，「掛斷電話」叫 hang up the phone 或是 hang up the receiver，為什麼用 up 呢？「放下話筒」不是應該用 hand down 嗎？雖然我還是記住了 hang up 的表現，但內心總無法接受這個說法，所以一直用 put down the phone 來表達「掛電話」。

其實這跟剛才說明的，早期電話是掛在牆上的有關，也就是說結束通話時不是把話筒「下放」，而是「往上掛」回牆上的電話機。就跟把帽子和外套「掛」在衣架上一樣的 hang up 動作是一樣的。

舊式行動電話和智慧型手機既沒有聽筒也沒有播號用的數字轉盤（dial），年輕人無法理解「結束通話」會什麼要叫 hang up the phone？甚至對「撥打電話號碼」用 dial 這個動詞感到疑惑，說不定在不久的將來這些用語都會成了死語。附帶一提，當我用 LP（Long Playing record，密紋唱片）來稱呼 CD 專輯的時候，曾遭到女兒嘲笑。

——多到可以拿來燒的錢——

在金錢方面也有不少帶點誇張而詼諧的表現。知道 have money to burn 的意思嗎？ He has money to burn. 是「他有的是多到可以拿來燒的錢」。日語也有類似的說法叫「多到連錢都會發出呻吟[01]」。

01　「お金がうなるほどある」是錢堆得太多以致壓在下方的錢發出呻吟。

反之也有為貧窮所困的人。money burns a hole in somebody' s pocket（金錢在口袋燒個洞）是比喻錢從口袋流出，花的比賺的多，即「 有錢就想花 」、「守不住錢財」。所以 Money burns a hole in his pocket. 是「他有亂花錢的習慣」。

還有一個片語叫 marry money（跟錢結婚）即「跟有錢人結婚」。日語也常用「那人是看在錢的份上結婚[02] 」來形容之，相較之下英語的表現方式極為簡單直接。

——把鼻子埋入書中的人——

have one' s nose in a book（把鼻子埋入書中）也是個相當逗趣的表現，描寫出「忘情於書中」的情形，令人不由得擔心若不把眼睛和書的距離拉開，可能會造成視力惡化。這也是英語特有的誇張表現。

說來日語有「書蟲[03] 」一詞，在英語也叫bookworm，可是純屬偶然？其他還有booklover是「愛書人」，book addict也是「酷愛書籍的人」、「熱衷閱讀者」。addict 原來指的是毒品「中毒」、「毒癮者」，所以用 coffee addict（咖啡癮）來形容不能沒有咖啡的人，baseball addict（棒球癮）代表「狂熱的棒球迷」。

---

02 あの人はお金目当てで結婚した。

03 本の虫。

freak 也是「毒癮者」的意思，同樣引伸為「粉絲」和「狂熱愛好者」，所以 speed freak 同時有著「安非他命中毒」和「車速狂」的意思。junkie也是從「毒癮者」引伸為醉心於某個事物的「愛好家」和「御宅族」，例如 camera junkie 是對相機研究透徹的「相機迷」。

用來表達「狂熱者」的英語還有很多。瘋狂追逐電影明星和歌手等藝人的「粉絲」叫 fan。政治或宗教狂熱者叫 fanatic。enthusiast 指熱中於什麼的人，尤其在日本不知從什麼時候起用「恩斯[04]」來稱呼「愛車族」。但「恩斯」不是個眾所皆知的用語，卻是汽車愛好者的 car enthusiast 之間常見的說法。

還有一個叫 geek 的名詞，我查了幾本英日辭典的解釋都是「（表演咬下活雞頭等怪招的）雜技演員、藝人」和「弄蛇人」，但是問了幾個美國人和英國人，他們對 geek 一詞完全沒有辭典裡寫的那種可怕印象（確實英英辭典裡沒寫到這層意思）。對於「greek 確實是怪胎、異常者，但指的是長時間沈浸在電腦和網路世界，對該領域有深度知識的“怪傑”」說法倒是一致。又說「那群人常被形容成 computer geek（電腦怪咖），像 hacker（駭客）就是典型的 geek」。

記得曾經聽到一個美國人說“In a sense, dictionaries are graveyards full of dead words.”（就某種層面來說，字典是載滿死語的墓地），指的也許就是像這樣的例子吧。

---

04 エンスー，是 enthusiast 的簡稱。

——無法停止翻頁的手——

跟上一則介紹的「把鼻子埋入書中」have one' s nose in a book 有關的，還有 page-turner 這個說法，是好看得令人迫不及急待要翻到下一頁的書，等同一翻開就停不下來的「引人入勝的書」。

類似的還有 nail-biter（咬指甲的人）的說法，是「情節緊張的懸疑片或推理小說」，其故事發展引人入迷，不由得在過程中咬起指甲。此外，體育競賽等進入讓人手心冒汗的「緊張時刻」也可用 nail-biter 來形容。而讓人感動到淚流不停的電影、戲劇或書籍叫 tearjerker，用帶點諷刺的日語來形容的話，就是「賺人熱淚的作品[05]」。

page-turner、nail-biter 和 tearjerker 是英美出版界書籍宣傳標語的常客，像“This book is a real page-turner!”就很常見。卻也因為近年過於頻繁使用的關係，文字本身不再像以前那般具有影響力。日文書也常用「從眼裡掉下魚鱗[06]」、「字字珠璣的短文[07]」和「賺人熱淚的感動故事[08]」等標語來做宣傳，過於常見的關係，反而讓人變得無感了。

同為 -er 表現的還有 eye-opener 這個片語。在美國俚語是「晨間飲用的酒」、「淋浴」的意思，但正式為「令人瞠目結舌的事物」、「使

05　お涙頂戴の作品。

06　「目から鱗」是「恍然大悟」的意思。

07　珠玉のエッセイ。

08　涙が止まらない感動の物語。

人開眼界的事物」，經常用在知道真相後因震驚而“張開眼”醒悟過來的情況。

——能吞下一匹馬嗎？——

在充滿英語特有幽默感的表現裡，有很多是脫離現實的誇張表現。I am so hungry that I could eat a horse.（我餓到可以吞下一匹馬）的說法便是其中之一。這裡不用can而用could的原因在於，語氣中附帶「真想的話」、「必要的時候」或是「如果有人能為我宰一頭馬的話」的含意。

我第一次學到這句話是在很久以前 NHK 電台一個叫【英語會話】的節目。那一年的教學內容是由叫雄二和麗莎的兩位新聞記者為發掘真實的美國／美國人（the real America ／ American）進行取材所構成，也是引發我對英語表現和美國感興趣的講座。當時雄二前往採訪一位女性鄉村歌手，訪談完成、步出錄音間之後，那位歌手說的正是“I am so hungry (that) I could eat a horse.”。當時的我直覺這位鄉村歌手還真是個性豪放，竟然直接用粗暴的講法陳述個人感受。後來在《英語表現辭典》看到同樣的句子表現時大為吃驚。

那位歌手個性也很迷糊，腦袋裡全是跟鄉村歌曲有關的詞句和旋律，對其他事漫不經心，經常掉東掉西。這兩人步出錄音間走進一家餐廳後仍持續採訪作業，事後那位歌手竟忘了自己把車停在停車場的何處，I have to get my own head screwed on”（我得用螺絲把腦袋給拴緊）那時她說的話在我聽來特別有趣，好似不這麼做的話連腦袋都會跑丟。have one's head screwed on 當然也是收錄在辭典裡的句子，是「頭腦清醒」的意思。

日語用「螺絲鬆了[09]」來形容人「精神散漫」，英語也用 have a screw loose（一顆螺絲鬆了）、be missing a few screws（掉了幾顆螺絲）來形容人「行為有點古怪」或「頭腦有毛病」，可是偶然？

——吃帽子——

如果無法「吞下一匹馬」，那麼「吃帽子」應該也是辦不到的事吧，但英語還是有個叫 eat one' s hat 的表現，用 I will eat my hat if…的句型，在 if 後面接上 對不可能發生的事。例如，I' ll eat my hat if he becomes a movie star.（如果他成了電影明星的話，我就吃下自己的帽子）即暗指「他絕對不會成為電影明星」。

09 ネジが緩んでいる。

另一個稍後會在〈地名編〉提到的類似表現是 if..., I am a Dutchman.（如果……，那我就是荷蘭人），例如 If that' s gold, I am a Dutchman.（如果那是金子，那我就是荷蘭人）是要表示「那絕不是金子」。這個表現從荷蘭人不被信任而來。用日語來說的話大概等同「如果……，那我就在街上倒立行走[10]」或是「理個大光頭[11]」。

——頂到天花板的怒氣——

另一個用來比喻現實生活中不可能發生的句子是，It' s so hot you could fry an egg on the sidewalk.（天氣熱到可以在步道上煎蛋了）。這裡用 could 來表達可能性。

然而還真有人在加洲的死谷（Death Valley）拍攝國家公園管理員在地面放煎鍋，打蛋做成煎蛋的情形，上傳到 YouTube。死谷曾以 56.7 度創下世界最高溫紀錄，那段影片大概是為了傳達當地異常炎熱的景象。當然，拍攝的發想無異是來自於 It' s so hot you could fry an egg on the sidewalk. 的啟發。影片內容受到好評，也引來許多觀光客模仿煎蛋行為，還有人直接把蛋打在汽車引擎蓋或是柏油路面上，造成國家公園管理處不得不呼籲遊客把「剩下的蛋殼帶回家」。

10　もし～だったら、町中を逆たちして歩くよ。
11　頭を丸めるよ。

在表達因情感引發的動作方面，英語也用很多誇張的比喻來表現。例如，The comedy had them rolling in the aisles. 是「那齣喜劇過於有趣，以致觀眾（從座位）滾到走道上（放聲大笑）」。形容觀眾拍手歡呼響徹整個會場時，可用 bring the house down（把房子弄垮）。這雖然是個超級誇張的形容，卻能感受到整個會場一度被抬起再墜落於地的衝擊。

在表達「生氣」方面還有很多比這更誇張的表現。lift the roof 是「氣得怒火上衝幾乎掀翻屋頂」，hit the ceiling 是「激動的情緒都高漲到天花板了」。也有出自美國拓荒時代的 fly off the handle，是憤怒之餘拿柴刀砍劈對方，卻因過度用力以致刀刃部分飛離握柄。比喻「突然激惱，失去自制的暴怒」，也有「發脾氣者的激動言詞，像柴刀一樣深深中傷對方」的含意。

——射擊月亮的挑戰——

這麼多英語誇張表現裡，不乏絕不會在現實生活中發生的比喻，其中最誇張的應該是 get blood out of a stone（從石頭流出血）——這種事怎麼可能發生？所以是「不可能」、「沒辦法」和「非常困難」的意思。例如，It' s easier to get blood out of stone than to get a donation from her. 是「叫她捐錢還不如從石頭擠血出來還比較容易」的意思。

接著轉換一下心情，介紹浪漫的英語表現。cry for the moon 是大聲呼喊「給我月亮～」，但月亮又不是個人可以擁有的東西，所以是「幻想」、「想要要不到的東西」。shoot the moon 這個表現是利用不可能做到“射擊月亮”這件事來比喻「挑戰遠大目標」。此外，鼓勵他人大喊「加油」時也用“Shoot the moon!”。

——什麼是「雷箱」？——

本篇將以 thunder box 做為結束。thunder 是「雷」、box 是「箱子」，所以 thunder box 是能發出像雷聲一樣大音量的卡式立體聲收音機，又叫 thunderbox radio，不難想像其名稱的由來。

然而 thunder box 在澳洲又有別的意思，指「原始廁所」或「臨時廁所」。至於為什麼叫這個名字，稍微發揮想像力應該就能理解。真是個與日常生活密切相關的風趣表現。

恐怖篇

Frightening Phrases

——斷頭雞——

英語也有很多恐怖到令人毛骨悚然的表現，雖然那是出於英語本身的特性，但有很多血腥的場面，膽小的人最好跳過這一篇……

首先是 run around like a headless chicken（像隻無頭的雞跑來跑去），也可說成 run around like a chicken with its head cut off（像被斬了頭的雞跑來跑去），後者聽起來更具體、富有衝擊力，從這裡讀者應該也能猜出是這句話的意思，是「像個無頭蒼蠅一樣盲目慌亂」。

pay through the nose 是個自古流傳下來的片語，意指「付出高於平常的代價」。這個表現產生的過程非常殘酷，源自九世紀愛爾蘭對於不付稅金者處以「割鼻」這種令人寒毛直豎的刑罰。據說當時的民眾認為與其忍受如此痛苦的刑罰，還不如繳稅金，而無可奈何地付錢。

tear someone limb from limb 也是個非常駭人的表現。tear 是「撕裂」、limb 是「手腳」，所以是把人的手腳肢解分成八大塊，用於「猛烈攻擊（某人）」的情況。另有一個叫 stab someone in the back（在人背後刺一刀）的表現，stab 是「刺」、「戳」的意思，除了字面文意，一般指「中傷」和「背叛」的意思。

cut one' s own throat（割斷自己的喉嚨）也是個光看就覺得恐怖的表現，從自盡的行為引伸為「招來自滅」（做損害自己或損及自我利益的事）。例如，He cut his own throat by cheating on an exam. 是「他因考試作弊而自食惡果」。其他還有 harm oneself（傷害自己）和 shoot oneself in the foot（射擊自己的腳），兩者都是「自我傷害」、「斷送（前程等）」的意思。

斧頭的 ax(e) 這個字在之前也提到過，有「解僱」的意思，而 give someone the ax 除了「解僱（某人）」也有「（把某人）退學」和「（戀愛關係等）甩掉（某人）」的意思。例如，She gave him the ax. 是「女生把他給甩了」。

同樣用到 ax 的還有個片語叫 have an ax to grind。grind 是動詞「研磨」的意思，have an ax to grind 流露出在他人看不見的地方磨斧頭，準備在什麼時候派上用場的陰森恐怖氣氛，是「別有用心」、「（對誰）懷恨在心」的意思，例如 I suspect he has an ax to grind.（我懷疑他居心叵測）。

——踢水桶——

在〈人生篇〉裡也曾提到 kick the bucket 常被當成「死亡」的口語表現。這是從想要尋短的人站到翻過來的水桶上，把脖子套在懸於樑上的繩索後踢翻水桶的動作而來。以前 kick the bucket 也被用在私刑和死刑，這時踢掉桶子的變成了死刑執行者。

還有一種說法認為，kick the bucket 跟以前宰殺豬隻的方法有關。屠夫先在豬的喉嚨劃一刀使其瀕臨死亡狀態，再將豬的後腿綁在棍子上，之後把棍子掛在滑輪上，當滑輪轉動，豬隻也被順勢吊起。這個情景讓人聯想到井裡用來提水的桶子（bucket），吊豬的棍子因而被稱作 bucket 之稱。最後再給豬補上一刀，這時豬的身體會激烈顫動，踹了 bucket 幾腳就氣絕身亡。

現在 kick the bucket 一般用來指「死亡」，我有個美國朋友習慣用此片語，但我總是要求他改用 pass away 或其他講法。

——手染血地——

我第一次驚覺英語真是種厲害的語言，是在學到 red-handed 這個表現的時候。如果沒有接觸到這個字，也許我的人生會跟現在完全不一樣也說不定。

red-handed 字面雖是手染血地，竟是「現行犯的；在犯罪現場」的意思，例如 The police caught him red-handed. 是「警察當場逮他個正著」。眼前不由得浮現犯人因殺人或傷害對方而血染雙手的情形。「現行犯」是個法律用語，如果用像 red-handed 這種簡單的說法，對不懂法律的人來說也比較容易理解。

那時我突然想到，red-handed 是否只能用在殺人或傷害對方的情況？做了各種調查之後發現，在竊盜、強盜、持有毒品、走私、行賄和收賄等情況下，也可用 red-handed 來表達「犯罪者在行為時被發覺」的意思，不限於因殺人或傷害致使“血染雙手”的殺傷事件。例如 The guards caught the thief red-handed.（守衛在現場抓到小偷），或是 The man was caught red-handed smuggling drugs.（這名男性因當場走私毒品被逮捕）。

——小房間裡的骸骨——

skeleton in the closet（衣櫥裡的骸骨）也是令人不寒而慄的表現，彷彿希區考克【驚魂記 Psycho】裡的電影情節，意指「絕不對外人說的個人祕密或家醜」。

關於 skeleton in the closet 的由來有兩種說法。一是從外表看似無憂無慮、幸福美滿的家庭裡，丈夫每晚強迫妻子親吻藏在衣櫥裡的骸骨而來。

另一種說法是來自以＜睡美人＞和＜穿長靴的貓＞等創作聞名的夏爾・佩羅另一部作品＜藍鬍子＞。故事的主角是個留著藍色鬍子的有錢人，大家叫他藍鬍子，他結過六次婚但每個妻子都下落不明。藍鬍子後來和一位女性戀愛而七度步入禮堂。結婚不久後藍鬍子得出一趟遠門，離家前他交待妻子什麼房間都能開，「就只有那個小房間絕對不可進去」。最後妻子受不了誘惑打開了那個小房間後，竟發現六具遭虐殺的前妻的屍體。

從 skeleton in the closet 也引申出一句俗語是 Every family has a skeleton in the closet.（每個家庭都有不為人知的祕密）。

——從身體的洞射出月光——

恐怖篇英語仍將持續。在看到接下來要介紹的句子之前，希望第一次接觸到的讀者能保持鎮定，那就是 I need... like I need a hole in the head.（我需要……就像我需要在腦子裡開個洞一樣）。第一次看到這個表現句時不免嚇了一大跳，因為 a hole in the head 是槍擊在頭（臉）部留下的洞，還真是令人膽顫心驚。

但其實這是反諷法，第一個 need 後面接的是絕對不需要的東西，或是自己百分百會厭惡的事物，因此前後列舉的兩種事物都是 don' t need、不需要的。

例如，I need more work like I need a hole in the head.（我不需要更多工作就像我不需要在腦袋開個花一樣），有「（不要再來其他工作）饒了我吧」的意思。

接下來介紹恐怖美學的英語表現。moonlight「月光」，夠浪漫了吧。格倫 ・ 米勒樂團的＜ Moonlight Serenade ＞（月光小夜曲）雖然不及貝多芬第十四號鋼琴奏鳴曲＜ Moonlight Sonata ＞（月光），卻也舉世聞名。除了音樂，moonlight and roses 也用來形容「浪漫而感傷的氣氛」。

然而 moonlight 也被用於令人感到訝異的一面，例如 let moonlight into a person 是俗語的「在人的肚子開個窟窿」。為什麼這麼說呢？因為這是想像用槍在人體射出個洞，月光就會從那個洞口流瀉而入（進入人體）。

從剛才介紹超乎常理的 I need... like I need a hole in the head.，到引用浪漫月光陳述可怕的表現，英語真是個深奧而充滿趣味的語言。

動物篇

Animal Phrases

——嚥下養樂多——

我的美國朋友裡有一位是日本職棒養樂多燕子隊的超級粉絲。他說自己是在日本留學期間被神宮球場外野區高唱《東京音頭》的球迷魅力所吸引，不知從什麼時候起自己也加入了球迷的行列。

他之所以成為養樂多燕子隊球迷還有個原因是，他覺得「球隊名稱特別詼諧有趣」。swallow 除了「燕子」也可當動詞的「吞嚥」。他的推論是「想出這個球隊名稱的人很有見識，一定同時涵蓋了『燕子』與『喝』養樂多的雙重意義」，但實際上這個名稱是昭和 25 年（1950 年）東京養樂多燕子隊前身的「國鐵燕子隊」誕生時，取名自運行於東京和大阪之間的特快車「燕子號[01]」。

確實日語也用漢字的「嚥下[02]」表達飲盡、喝光的動作。「嚥」這個字是「口」字旁加「燕」字組成，電視裡經常可以看到燕子爸媽把食物伸進張大嘴等待餵食的幼鳥的畫面，幼鳥未經咀嚼立刻「吞下肚」的動作不正等同「嚥下」？

我猜英語的 swallow 一定也是來自同樣發想，才會有「燕子」和「吞嚥」的雙重意思。於是我又找了英漢詞典來查證自己的想法，詞典裡居然把它分成「swallow1 嚥下」和「swallow2 燕子」兩個項目，也就

01 特急「つばめ」。
02 嚥下（けんげ）する。

是說這兩個是完全不同的單字。再查證語源辭典的說明，「燕子」是來自古英語的 swealwe，而「吞嚥」是源自 swelgan。這兩種意思在後來都成了 swallow，難道是純屬偶然？

再進一步查看其他多本語源辭典，就結論而言是「結果不明」。舉例研究社《英語語源辭典》的說明，在「吞嚥」這一項寫的是「語態上也可能受到『燕子』swallow 的影響」；在「燕子」這一項又出現「有 swel- 是『吞嚥』的假說，但仍存在疑點」的矛盾記載，感覺就像進入英語迷宮一樣。

——起重機原來是「鶴」——

最近知道「鶴」的 crane 跟起重機（吊車）的英語是一樣的時候，內心一陣激動。工地現場裡作業中的起重機，讓人聯想到鶴伸長脖子望著前方和啄食的模樣。

我對朋友說起這件事的時候，被笑說「這個大家都知道啊」。那我為什麼這麼久都沒注意到起重機跟鶴的關聯性？想了很久終於找到原因了。原來是受到幫忙校對英語的美國人 Jean Crane 的影響。此人是美國雪城大學（Syracuse University）專攻新聞學的專業 English

Proofreader（英語校對者）。

我當然知道他的姓是「鶴」的意思，寄信給對方時總會在信封上署名「吉恩 · 庫廉伊恩先生[03]」收。在介紹一位叫鶴田的日本人給他的時候，也曾用「這位也是『庫廉伊恩』，叫『庫廉伊恩 · 費爾德[04]』」來說明。沒錯，就是因為我一直把 Jean Crane 的姓寫成「庫廉伊恩」，才一直沒有注意到它跟日語起重機的「庫廉～恩[05]」之間的關係，因而把兩者想成是各別單字了。都怪日語把鶴跟起重機的片假名用不同拼音來標註才會造成這種結果。

順便一提，法語的 grue 和義大利語的 gru 都有「鶴」跟「起重機」的意思。德語的「鶴」是 kranich、「起重機」是 Kran。

——吞食烏鴉的恥辱——

也許是因為烏鴉是生活裡常見的飛禽，英語有很多跟烏鴉有關的表現。as the crow flies 是跟烏鴉飛行的時候一樣「成直線」的意思，例如 My house is about 15 miles from the station as the crow flies. 是「我家到車站的直線距離約是 15 英哩」。

---

03 ジーン · クレイン様。

04 「鶴」= crane= クレイン→庫廉伊恩；「田」=field= フィールド→費爾德。

05 起重機的片假名是「クレーン」；鶴的片假名是「クレイン」。

以前金・哈克曼跟艾爾・帕西諾共演一部叫【流浪奇男子 Scarecrow】的電影。scarecrow 是驚嚇烏鴉用的「稻草人」，也有「虛張聲勢的威嚇」或「衣衫襤褸的人」之意。《The Wizard of Oz》（綠野仙蹤）裡稻草人的名字也叫 Scarecrow。

黑色烏鴉被視為不吉祥的鳥，但英語口語裡還是有 eat crow（吞食烏鴉）這種噁心的表現，是對之前自信滿滿的言行「低頭道歉」的意思。

這是出於 19 世紀初期英美戰爭時的真實故事。話說休戰期間一位美國士兵前往狩獵時不慎誤闖英軍陣營，在那裡射中一隻烏鴉。位在附近的英國軍官循槍聲來到現場，他先誇獎美國士兵的射擊能力，然後假裝親切地對士兵說：「能不能借我看一下那把槍？」士兵不疑有他遞出槍枝後，英國軍官突然態度一變，用槍抵著士兵強迫他生吞擊落的烏鴉。士兵一開始雖然抗拒，最後仍勉強就範。軍官把槍還給士兵之後情勢出現逆轉，這次換士兵持槍威脅英國軍官把剩餘的烏鴉肉給吃掉。

隔天英國軍官向美方提出抗議，士兵在長官的調查下承認確有其事，整個事件留下完整紀錄，而 eat crow 這個表現也流傳到現在。

關於 eat crow 還留下一則時事，跟 1948 年民主黨候選人哈里・杜魯門與共和黨候選人托馬斯・杜威競逐美國總統寶座有關。當時所有的媒體都預測杜威將擊敗杜魯門，但杜魯門奇蹟似地逆轉獲勝。選後，華盛頓郵報發給杜魯門一則電報“you are hereby invited to a ‘Crow Banquet'.”（邀請您參加“烏鴉宴會”），並寫到「以本報社為首的新聞記者、政治評論家、民意調查製作者、電台時事評論者和專欄作家也將受邀出席，『主菜是醬汁烏鴉胸肉』」，意指預想社魯門敗選的人將齊聚一堂「承認錯誤，痛飲恥辱」——幽默的內容最後還備註其他人吃烏鴉但下一屆總統可以吃火雞。

—— cocktail 是公雞的尾巴？——

以前拜讀口譯名人國廣正雄的書時，內容有一段是作者有次問英國人「為什麼雞尾酒要叫 cocktail ？」，對方回答「我也不知道」的場景。cocktail 是「公雞的尾巴」，作者一定是對公雞的尾巴怎麼會跟酒扯上關係感到不可思議吧。

雞尾酒是調酒，查看 cocktail 的由來之後發現眾說紛紜，以下介紹其中幾種說法。

一是過去在美國為了區分雜種馬和純種馬，會把雜種馬的尾巴剪得跟公雞的尾巴一樣短，而有了「雜種」→「混血」→「混調酒」的意思變化。另一說是，18 世紀在紐奧良有個販售酒類與藥品的法裔商人叫安東尼 ・ 裴喬，他把混合各種飲料的調酒裝在法語稱作 coquetier 的寬底杯出售。這種容器經由古英語的 cocktay 變成 cocktail，最後變成指容器裡盛裝的酒。

第三個說法是，從墨西哥阿茲特克時代裡一位叫霍克杜爾（Xockitl）的王妃名字而來。霍克杜爾的父親向來用酒精和水果酒製成調酒獻給國王，而呈遞的工作總是交由愛女負責，國王不但喜歡那酒也中意這位姑娘而與之結婚，並把酒的名稱取為霍克杜爾的名字，之後成了 cocktail。

第四種說法也是來自墨西哥。據說 19 世紀前半猶加敦半島港灣的酒吧裡，酒保不用木棒或湯匙而是用植物的根來攪和飲料。那種植物長得像「公雞的尾巴」而有 tail of a cock 之稱。駐守港灣的英國士兵問「這是什麼」的時候，酒保以為士兵問的是用來調混飲料的器具而回答 cock' s tail。士兵喝了之後覺得非常好喝，從此植物的 cock' s tail 就成了「雞尾酒」cocktail 的代稱。

——小鳥的耳語——

「謠言」的英語是 rumor，也可以用 The rumor is that... 來表示「有風聲說……」。例如，The rumor is that he fell in love with her.（聽說他愛上她了）。

相同意思也可用逗趣的 A little bird told me that...（有隻小鳥跟我說……）來表達，例如 A little bird told me that they divorced. 是「聽說他們離婚了」。在英語散播謠言的小鳥到了日本被「風聲[06]」給取代了。

在美國，每年 11 月第 4 個星期四是感恩節（Thanksgiving Day）。這個傳統始於 17 世紀時從歐洲移民新大陸的清教徒為移民後第一次收成感謝上帝而來。當時美洲大陸有大量的火雞（turkey）棲息，清教徒便用烤火雞來慶祝，直到現在仍保留感恩節吃烤火雞的習俗。

也許因為這樣，英語裡有很多跟 turkey 有關的表現。例如 say turkey 是「說好話」、「用一種愉快的方式說話」，walk turkey 是「走起路來裝腔作勢」、「大搖大擺地走路」，即「走路有風」的意思。

最為人熟知的是 talk turkey。有天白人和印地安人相約出門打獵，

---

06 風の便りでは。

兩人說好平分獵物，那天共獵到 3 隻烏鴉和 2 隻火雞。白人先說“A crow for you, a turkey for me”，順手把烏鴉給了印地安人，把火雞放入自己的袋子。看到第二次白人拿走最後一隻火雞，而自己還是分到烏鴉的時候，印地安人說話了“I will talk turkey”（我需要跟火雞談談）。也有其他說法是印地安人把「拿火雞」的 take turkey 說成了 talk turkey。從此 talk turkey 便成了職場上「打開天窗說亮話」、「用認真的態度討論」的意思，現在也成了商業用語。

再來一個保齡球術語，連續三次全倒的「抓火雞」也叫 turkey。據說這是因為以前有個保齡球場把火雞當作獎品，才有了這種說法。

──像鴨子一樣 duck down ！──

跟鳥有關的英語表現還有很多，但我對「鴨子」duck 這個單字有強烈的印象，對忘不了。duck 當動詞使用是「突然彎下（身子）」、「迅速低頭」的意思，常以 duck down 來表現，據說是來自鴨子將頭潛入水中補食小魚等食物的聯想。

在美國北部的芝加哥有個叫 The Loop（洛普區）的中央商業地區，周圍有高架鐵路環繞運行，雖然無法跟舊金山纜車相比，但也是受到觀光客喜愛的交通工具。

記得那是很久以前的事，大約是芝加哥公牛隊（Chicago Bulls）在NBA職籃的全盛期。有天我坐在高架鐵路列車上的時候，突然路上的車子齊聲按喇叭，原來是為了慶祝公牛隊獲得NBA總冠軍。雜亂無章、震耳欲聾的音量從四面八方湧起，遲遲沒有停止的跡象。

這時車箱內傳來車掌廣播「Duck down! Duck down! 站著的乘客快蹲下，保護頭部！沿線有人開槍！」

好不容易才理解 duck down 的意思，根據指示行動。如果那時有聽沒有懂的話，可能早已中彈身亡也說不定……。這麼形容雖然有點誇張，但那個遭遇讓我強烈感受到懂不懂英語，有時也會攸關生命存亡。

我戰戰兢兢地在目的地下車，槍聲已遠去，但還是有幾台車子在路上狂按喇叭，有的甚至無視紅燈直闖而過。那是條左右有六線道的道路，只要看清左右，確認往來車輛，就算“闖紅燈”也能平安（？）穿過十字路口。換做在日本的話肯定會發生事故。

在我覺得用這種方式慶祝地主隊獲勝雖然可以理解，但還真是帶給周遭麻煩時，腦中因而浮現 bull in a china shop 這個片語，是「魯莽闖禍者」、「不知輕重的傢伙」的意思。bull 是公牛，而這群人就像闖進 china shop 的「瓷器店 ，撞倒一地碎片的公牛，只是他們大暴走的地方不是瓷器店，而是 Chicago Bulls 主場地的芝加哥街頭。

為什麼這些人會如此粗暴魯莽？仔細想想，bull 原來是「未經閹割的公牛」。

—— dog year 的一年 ——

在所有的動物裡，跟人類關係最密切的應該是狗了。英語也用 man' s best friend 來形容狗是「人類最好的朋友」，牠們在人類生活中扮演了寵物犬、看門犬、獵犬等角色。思考跟狗有關的英語表現也能從中理解到，長久以來人跟狗的關係以及人類對狗的想法。

狗是忠誠的動物，doglike 這個形容詞也指「像狗一樣忠實的」意思。又，美國人用 a dog' s age 來表示「漫長的歲月」，例如 I haven' t seen you in a dog' s age.（真是好久不見）。關於狗的年齡，雖然有品種的差異，一般而言是人類的七倍左右，亦即狗的一歲相當於人類的七歲。

我在一本辭典裡翻到 dog' s age 的解釋為「很長的時間。cf. donkey' s ears」。donkey' s ears（驢的耳朵）也是「很久」的意思，雖然是從驢子的長耳朵 donkey' s ears 發音聯想成 donkey' s years，而有了「長久的年歲」之意，但這不就跟日本歐吉桑喜歡用同音異字來耍嘴皮一樣嘛！（註：關於 donkey' s ears，一般辭典登錄為 donkey's years）。

話題拉回 dog 這個字，有個叫 dog year 的 IT 術語。日本在 1990 年代初期也開始流行起這個用語。就像前面提到的，狗的成長速度是人類的七倍，所以 dog year 也被用來比喻，在科技急速發展的 IT 業界，一年的變化相當於過去耗時七年的開發。

──狗是悲慘的動物嗎？──

到目前為止介紹跟狗有關的英語表現都是屬於正面的，但也有不少是帶有負面印象的。就像日本人也會用「狗」來表達對他人的歧視和嫌惡，例如「那傢伙甘願淪為權力走狗[07]」等說法。在英語，「狗」dog 也有「傢伙」和「無賴」的意思。在前面加上形容詞的 lazy dog 和 selfish dog 都是循形容詞原意解釋，很容易理解── lazy dog 是「做事嫌麻煩的傢伙」，selfish dog 是「自私的傢伙」。但 underdog 的難度就比較高了，是「敗犬」、「處於劣勢的一方」。此外，dead dog

07 あいつは権力の犬になり下がった。

從死狗引申為「沒用的東西」，die like a dog 是「悲慘地死去」、「白白死去」，跟日語的「犬死[08]」意思相同。

跟 dog 有關的負面用語不勝枚舉。lead a dog' s life 是「長期憂慮」或「充滿痛苦的人生」，go to the dogs 是「一蹶不振」、「毀滅」，in the doghouse 是「丟臉的」、「不得人緣的」。還有一個 dog-eat-dog，是「自相殘殺的」、「狗咬狗的」。dog 當動詞的時候也有形跡可疑的「跟蹤」之意。

hair of the dog（狗毛）也是個怪異的表現，「以毒攻毒」的意思。這是來自狂犬病治療法，在民間療法又或咒術裡，據說被患有狂犬病的狗咬傷時，只要把那隻狗的毛燒成灰灑在傷口後就能癒療。

hair of the dog 還有「為解宿醉而飲的酒」的意思，即以酒解酒。所以大白天喝酒時會用 I need the hair of the dog for my hangover.（我需要“狗毛”解宿醉）來當藉口。

——cats and dogs 是水火不容——

有次我用 It' s raining cats and dogs. 對一個英國人說「現在正下著

08 犬死に。

傾盆大雨」之後，對方很驚訝我怎麼會知道這種說法。「日本沒有一個考生不知道 rain cats and dogs 這個片語」，聽了我的說明，他又對日本英語教育的先進程度感到驚訝。

我以為這是借用貓狗大戰的喧囂場面來比喻大聲作響的暴雨，聽到對方接下來的說明後，有種超乎驚奇的感動。「這是來自北歐神話」，他說，古時候的北歐人相信貓能降雨、狗能起風，所以才有 rain cats and dogs 的表現。

傳說歸傳說，我還是覺得借喻「貓狗大戰喧譁吵鬧」的想法比較自然。在貓狗同時登場的英語表現裡有個叫 fight like cats and dogs 的片語，是「經常吵架」的意思。換成日語就是「犬猿之仲[09]」。水火不容的雙方在日本是「狗跟猴子」，在西方是「貓跟狗」。

——狗是旁觀者嗎？——

有時為了便於形容人和物體的性格與狀態，會以動物來做比喻，例如 as strong as a lion（像獅子一樣強壯）、as hungry as a bear（跟熊一樣餓）、as gentle as a lamb（跟小羊一樣柔順）等。那麼，用狗做比喻的有哪些？最常聽到的是 (as) sick as a dog（跟狗一樣不舒服），

09　犬猿の仲：比喻關係不好。

是「病得十分嚴重」顯得意志消沈，說來狗確實有老趴在地上看起來好像很疲倦的樣子。

希臘哲學有個 cynicism（犬儒主義）學派，主張「無視於各個時代的風潮和社會概念，不直接與世俗接觸而站遠處觀之，嗤之以鼻」的獨善其身思想。犬儒主義學派的門徒稱為 Cynic，以跟狗一樣坐路邊、住在木桶裡的哲學家迪奧根尼（Diogenes）為代表。

cynicism 跟法語的 chien（犬）是同源，日語也寫成「犬儒主義」。該學派的哲學家就像只會趴睡在路邊的野狗不採取任何行動，而被取名為「犬儒主義」。

——像狗一樣工作——

＜A Hard Day's Night＞（John Lennon／Paul McCartney 作詞・作曲）是

披頭四（The Beatles）早期的暢銷歌曲，以前在日本翻成＜披頭四來了，呀！呀！呀！[10]＞。這是因為披頭四主演的【A Hard Day's Night】電影在日本上映時，電影公司宣傳部的水野晴郎[11] 把它取名為

10 舊稱為「ビートルズがやって来るヤァ！ヤァ！ヤァ！」，現為「ハード・デイズ・ナイト」。
11 日本電影評論家、導演（歿於 2008 年 6 月 10 日）。

＜披頭四來了，呀！呀！呀！＞，同期發片的主題曲也就沿用相同名稱。但現在已經直接用外來語稱呼，再也沒有人用舊名稱了。

總之，＜ A Hard Day's Night ＞的歌詞裡寫到“It's been a hard day's night（結束辛苦的一天終於來到夜晚）/ And I' ve been working like a dog（我像狗一樣辛勤工作）/ I should be sleeping like a log（我應該進入沉睡）”，不用說也知道後面兩句的 dog 跟 log 是為了押韻，跟古希臘趴睡在地上的狗有著天壤之別。

沒錯，披頭四出身的英國是個牧羊的國家，追趕羊群使其順從人類預想的方向前進的是 sheepdog「牧羊犬」的工作。在英國，狗是勤勞的動物。

長久以來狗對人類有許多貢獻。有不少人愛狗成痴，把寵物犬當作心靈支柱。既然如此，為什麼跟狗有關的英語表現裡不多來幾個正面用法？於是我又查了各種資料，發現美國口語有個 put on the dog 的表現，是「擺濶故裝優雅」的意思。

現在像這樣要派頭的人也許變少了，但以前的美國人認為自己是鄉下人，想藉由模仿歐洲有錢人的行為舉止和習慣，表現出優雅的樣子。其方法之一便是養隻小狗放在膝上，所以 She is putting on the dog. 是「她正擺架子故裝優雅」。

—— veal 和 beer ——

牛的種類很多，最為人熟知的是 cow 這個單字，嚴謹來說是取奶用的母牛。牛的集合名詞為 cattle，而之前也提到的未去勢的公牛叫 bull。去勢的閹牛叫 bullock，未生過牛犢的小母牛叫 heifer，而 calf 是泛指小牛，也是「小牛肉」veal 的來源。我在海外時經常食用小牛肉，有次跟日本友人一起上館子，滴酒不沾的我點了 veal，結果朋友好奇地問我「奇怪，我怎麼記得你不喝酒？」原來是把 veal 錯聽成啤酒的 beer 了。當日本人說「V—魯」的時候其實很希望別人知道他要點的不是啤酒，但是對日本人來說又很難區別 v 和 b 的不同。

一般說到「牛肉」會用 beef 這個字，當動詞使用時 beef up 是「強化」的意思，在國際新聞經常用到這個字，例如 This country beefed up its defenses.（這個國家增強了國防能力）。beef up 是大量餵食牛隻使其增肥，產出好吃的牛肉，而有了「強化」的意思。

ox 也是「牛」的意思，指的是去了勢的食用公牛，但也指包括水牛和野牛等牛的總稱，複數形為 oxen。以前由電吉他等電子樂器組成的日本樂團裡，有個叫 Ox 的團體（從這裡讀者大概也能猜出我的年齡），推出了「天鵝的眼淚[12]」等暢銷歌曲。主唱兼鍵盤手的赤松愛在唱＜ Tell Me ＞這首歌時總是在舞台上昏倒（據說是演技），結果引

12　スワンのなみだ。

得歌迷連連昏倒被抬出會場，造成嚴重的社會問題。那時我雖然還是個小毛頭，卻也跟朋友激烈辯論這個團體的名稱應該要跟日本職棒阪神 Tigers，或是瑞典搖滾樂團 Spiders 一樣，用複數形的 Oxen 才對。

至於日本另一個歌唱二人組 Pink Lady 應該也要取為 Pink Ladies，但朋友說那是來自一種同名的雞酒尾所以用單數，對於這點我倒很服氣。

——牛市與熊市——

話鋒轉回牛的身上，棒球場上救援投手投球練習區叫 bullpen，而 pen 是關禽畜的「欄圈」。以前晚到球場的觀眾會被請入用繩子圍起的圈裡站著觀看比賽，那個圍圈就叫 bullpen（牛欄），之後變成救援投手暖身的地方。

bull 果然有強壯的印象，在財經方面也用 bull market（牛市）代表「多頭市場」，指行情看漲的市場趨勢，是從牛打鬥時把角上揚刺向對方的模樣而來。

相對地，bear market 為「空頭市場」，指市場走勢呈下滑的格局。

熊是非常強壯勇猛的動物，為什麼會成了「疲軟」的表徵呢？從經濟動向曲線圖來看，空頭時呈急速下滑的狀態，便以熊的手臂向下揮舞的動作來做比喻。形容股市下跌「走空」的 bearish 也是從 bear 而來。

此外，就「經濟蕭條」和「景氣低迷」而言，也可說成 sluggish market 或 sluggish economy。slug 是「蛞蝓」，sluggish 是從像蛞蝓般遲緩的動作引申為「懶散的」、「不太想動的」。

說起同樣動作緩慢的小動物還有 snail 的「蝸牛」。我在寫商業書信（business mail）的時候經常借用 snail 讓對方了解我會用傳統郵寄的方式寄送資料，寫成 I will snail mail you.。在這種情況下若只動詞的 mail 簡單帶過的話，對方可能會以為我是要用電子郵件（email）的方式。用 snail mail 來表示的話，對方也能明白「啊，這會用郵寄而不是電子郵件的方式提供」。最近 snail mail 也簡寫成 smail 或 s-mail，這當然是相對於 email 的寫法。

——從馬嘴直接～——

有次收看英語新聞的時候，主播在播報財經新聞途中突然說了 “Straight from the horse' s mouth...”（從馬嘴直接～）。為什麼「馬」

會出現在跟財經有關的話題裡？查看之後才知道這是「根據可靠消息來源的」、「根據第一手消息的」意思。亦即「雖然無法公開消息來源，但是是從接近事件核心人物得到的消息」，經常用於新聞播報。

電視台、報社和通信社一方面極為渴望獲取重要事件的正確情報，一方面又得避免消息來源曝光，免得沒有人願意接受採訪，也不願對記者誠實表白。事件就在受保護的消息來源與新聞記者的信賴關係中成為媒體播報的新聞。法廷上經常要求採訪者公開消息來源，但絕對保守祕密是身為媒體的重要原則。

話說回來，為什麼 straight from the horse' s mouth 會成為「根據可靠的消息來源的」意思呢？這是因為以前買賣馬匹的時候，賣家為了掙多一點錢經常謊報馬齡低於實際年齡，但是有經驗的買家實際走訪馬廄，打開馬的嘴巴檢查下顎的牙齒就能「正確掌握」馬的年齡與健康狀態。

但我覺得這也可能是「從馬的口中走漏」賽馬內幕消息而來。對外走漏出賽馬匹身體狀況的關係人，也可能用「那是馬自己說的吧」的講法來掩飾自身行為（※ 以上純屬個人想像）。

還有一個叫 look a gift horse in the mouth 的表現，意指「對禮物吹毛求疵」。這也是從檢查受贈馬匹的牙齒以確認其年齡和健康狀態而來。我覺得既然是禮物就應該欣然接受，不要挑剔才是。

——馬的顏色——

感覺跟馬有關的英語，有不少是爾虞我詐的表現。例如horse of a different color（不同毛色的馬）也是從馬匹買賣而來，指賣家為了讓馬看起來更精悍、年輕而健康，特意將馬的身體染得跟出生時的毛色不同，所以是「整個就是另外一回事」。舉例來說，Writing a script is not that hard, but publishing it is a horse of a different color. 是「寫稿不是那麼難的事，但是要把它出版成書又是另外一回事了」。

還有個片語叫put the cart before the horse（把馬車放在馬的前面），是「本末倒置」的意思。例如保守的人可能會說“You are putting the cart before the horse. you should marry first and then have a baby”（這順序不對，應該先結婚再生小孩才是）。

還有一個也是表達「順序相反」的片語叫lock the stable door after the horse has gone（等丟了馬再來鎖廄），這裡的gone也可寫成「衝出」的bolted。該片語也經常被用來比喻「為時已晚」。

以下的說明可能有點多餘，但stable這個字經常出現在考題中，名詞是「馬廄」，當形容詞使用時是「安定」的意思。順附一提，「牛棚」

是 cowshed，其中的 shed 是小屋、置物空間[13] 的意思，所以「自行車停車場」叫 bicycle shed。「豬舍」是 sty 或 pigpen，這裡的 pen 是關禽畜的「欄圈」，之前介紹到的「牛欄」bullpen 也用到這個字。

——不要在渡河途中換馬——

change horses in midstream 或 是 swap horses while crossing a stream 也是有趣的表現。midstream 是「河流正中（中途）」，swap 是「更換」、「交換」，在河的中央更換馬匹就成了「中途突然做出重大變動」的意思，出自 1864 年美國第 16 任總統亞伯拉罕 • 林肯的演說。林肯雖然獲得共和黨提名競選總統，但是黨內對他在南北戰爭的政策感到不滿的人不在少數，他在演說中講述“It was not best to swap horses while crossing the river.”（在渡河的途中換馬並非上策），要求黨內團結一致，共同對抗民主黨候選人。

hold one' s horses（拉緊韁繩讓馬鎮定下來）是「鎮定情緒」的意思，要人「別衝動」也可用 Hold your horses! 來表達。

乘上馬背的高度帶來好視野，也讓人產生俯視周遭、高高在上的錯覺。也許是這樣，get on one' s high horse（坐在高大的馬背上）是「趾

13 尤指有棚子且結構簡單的堆放物品空間。

高氣揚」、「盛氣淩人」的意思。反之，get off one' s high horse（從高大的馬背上下來）是「態度變謙虛」、「一改傲慢態度」的意思。

2012年有一部史蒂芬・史匹柏執導的電影叫【戰馬 Warhorse】，內容跟用於戰爭的「戰馬」有關。但warhorse也可用在人的身上，軍隊的話是指「老兵」、「身經百戰的老手」，在體育選手來說是「資深選手」，亦即就算有年紀了仍精力充沛地活躍於舞台的人。

warhorse還有另一個意思是指音樂、電視節目、電影和演劇裡的「經典」、「慣例之作」。但絕不是無聊到發悶的作品，而是像莎士比亞【羅密歐與朱麗葉】、日本【忠臣藏】這類反覆推陳出新的作品。就算世人已對內容再熟悉不過，但是正因為內容精彩，才會一再透過新的腳本、導演和演員改編成新作。

——白象是「無用之物」——

此前介紹了鳥、狗、牛和馬的相關英語表現，接下來想寫寫跟巨大動物有關的。首先登場的是「象」。see the elephant（看見象）是比喻經由空前的體驗「開眼界」。我只在動物園裡看過象，倘使有隻野生象峨然矗立眼前，應該也會是一輩子也忘不了的經驗吧。但是要注意 see the elephant 是用於學到嚴厲的教訓、經曉人生世故、累積人生經驗（見世面）這層含意，尤指新兵初到戰場般的駭人體驗。

a memory like an elephant（跟象一樣的絕佳記憶力）也突顯了象這種動物的特徵。據說象可以活到六十年以上。很多傳說指出，遇到乾旱的時候，僅由年輕成員組成的象群會全軍覆沒，但是只要有老象在的話，就能根據老者長遠的記憶帶領象群找到水源，拯救象群。另外一個知名事件是，有隻馬戲團的象記得小時候虐待自己的馴獸師，長大後進行了報復。也許是因為象有良好的記憶力，澳洲阿茲海默症協會才會用象來象徵「維持一輩子的記憶力」。

另一個跟象有關的表現是「白象」white elephant，指「昂貴卻又無用的東西」，出自泰國還是以暹羅的舊名稱呼的時候，國王賜給討厭的家臣一隻白象後把他逐出去的故事。收到白象不就等同有了一筆慰勞金嗎？實則不然，象在泰國被視為神聖的動物，必須謹慎對待，在花很多錢照顧象的情況下，那位舊家臣最後破產了。

另有一說是，野生的白象因為引人注目，容易被敵人和狩獵者發現，難保活到老，也為同伴帶來困擾，而有了「無用的昂貴之物」的意思。例如，The vacation house has turned out to be a white elephant. 是「那個度假小屋成了累贅」。我想一定也有人遇到趁泡沫經濟的時候買了別墅，那時還好，但之後幾乎沒用到，而且中古別墅的房價跌得驚人，想賣也脫不了手的情況。

——鯨魚的時間——

英語裡跟「鯨魚」有關的表現有 have a whale of a time，意指「歡樂時光」。賞鯨確實是個愉快的感動體驗，所以 I had a whale of a time. 是「我玩得非常痛快」的意思。

我去美國聖地牙哥的時候也曾坐過賞鯨船（whale-watching boat），船家遞來的文宣上面寫著「沒看到鯨魚保證退費」。出海後突然聽到"Three o' clock!"的廣播，原來是以船頭為十二點鐘方向，在「三點鐘方向」有鯨魚出現的意思。只見遠遠的地方有白浪洶起，距離的關係無法確認鯨魚的實體。

為了拍下感動的那一刻，我把攝影機的焦距調到最大，隨著"Ten o' clock!"、"Seven o' clock!"的廣播不斷調整鏡頭方向，但還是只看到遠處微微噴出一道水柱以及跟螞蟻一樣大小的黑色尾鰭。最後出現嚴重的暈船現象，只好放棄攝影，下船後身體不舒服的狀態仍持續好長一段時間才回復過來。這就是我的賞鯨體驗，從 have a whale of a time 的「歡樂時光」變成超級受罪，也讓我在之後光是看到這個片語就想吐。

後來聽說有「賞鯨船必須距離鯨魚五十公尺以上」的規定，但如果是鯨魚很貼心地自行靠近的話就不在此限，因此電視上常見鯨魚在船邊噴出水柱把乘客淋濕的景象，其實是很少見的。

──用英語說「連猴子都知道」──

說起「猴子」monkey 這個單字，我第一個想到的是東京大學名譽教授同時也是知名翻譯家柴田元幸所編輯發行的文藝雜誌《monkey business》。直譯是「猴子的工作」，其實是「胡鬧」、「欺騙」的意思。

在日本有很多以「連猴子都知道～[14]」為題的書，在英語又該怎麼表達？經過一番調查之後，我在研究社的《新英和大辭典》裡看到「連猴子都知道的經濟學」翻成 "Economics even a mug can understand" 的例句。mug 是有柄的「大杯子」如馬克杯、啤酒杯等，也有「傻瓜」和「容易受騙者」的意思。還有一個叫 "If you pay peanuts, you get monkeys."（用花生只能請到猴子）的表現。peanuts 除了「花生」也有「很少的錢」、「零錢」的意思，這是在告訴經營者「用很低報酬只能請到猴子」，等同日語的「便宜沒好貨[15]」。

好戲還在後頭。monkey with 是「竄改」。又，猴子是會耍猴戲的

14　猿でもわかる～。

15　安かろう、悪かろう。

動物，所以 make a monkey (out) of someone 是「使……成為笑柄」、「愚弄」他人的意思，跟 make a fool of 一樣。

在英式英語裡有個 brass-monkey weather（黃銅猴子的天氣）的說法，指「極其寒冷的天氣」，據說是從帶點猥褻的 cold enough to freeze the balls off a brass monkey（冷到可以把黃銅像猴子的睪丸給凍得掉下來）的說法而來。但這不是唯一的說法。

還有另一種解釋是，大航海時代裡為了和他國的船隻或海賊作戰，船上都會架設大砲，一旁的架上排滿了便於隨時填裝射擊的砲彈（cannonball）。架子兩端裝有黃銅製的護欄以防砲彈在船身搖晃的時候滾落，而這個砲彈架就叫 brass monkey。天氣好的時候風平浪靜，遇到大浪或是天氣冷到黃銅製的護欄因熱脹冷縮原理縮小時，砲彈就會從 brass monkey 的架上滾落，而有了 cold enough to freeze the balls off a brass monkey（凍到架子縮小，砲彈滾落一地）的說法。但仔細想想，要凍到黃銅縮小可不是那麼簡單的事。

monkey 也有「毒癮」的意思，當然是來自 have a monkey on one' s back（有隻猴子在人的背上）的俚語。這句話有「染上什麼習慣」、「成了麻煩事」的意思，但主要用在「染上毒癮」。所以 get the monkey off（把猴子卸下來）是「戒毒」的意思。

monkey 還有「麻煩的事物」之意，美國俗話裡 monkey on the house（家中有猴子）是指「房貸」，monkey with a long tail（長尾猴）尤指「長期房貸」。

——「猴子的結婚儀式」跟「狐狸娶親」——

上一則介紹到形容「嚴寒的天氣」的猥褻說法 brass monkey weather，在南非也有一個叫 monkey wedding（猴子的結婚儀式）的天氣表現，指晴天發生下雨現象的「太陽雨」，在日語叫「天氣雨[16]」。

日本也有個「狐狸娶親[17]」的說法，一般指夜裡山間出現之不可思議的鬼火，古人認為那是狐狸娶親時的燈籠行列，而有了這個稱呼，也叫「狐火」。但其實這是磷化氫在空氣中自燃的現象。

不過，「狐狸娶親」最一開始指的是「陽光普照卻飄雨的天氣」，跟「猴子的結婚儀式」monkey wedding 不謀而合。所以一天下來忽晴忽雨的天氣，在日本又叫「狐日和」。

16　天気雨。
17　狐の嫁入り。

人體篇

Bodily Phrases

——內臟和骨氣——

一般來說，「內臟」的英語是 internal organs，口語則用 gut（guts）這個字。在日本說起「gut[01]」這個字，最常想到的應該是小提琴的弦或是網球拍的網線，同為弦樂器的古典吉他又有「gut guitar[02]」之稱。這是因為早期小提琴的弦是用動物的腸子（gut）做成，進一步說明的話，應該是腸子黏膜裡分泌腸液之細微管狀腺體的腸腺，日語便直接轉成片假名來稱呼之。

hate someone' s guts（討厭某人的內臟）是「打從心底討厭某人」的意思，日語也用「討厭和尚就連袈裟都嫌惡[03]」來形容對某人深惡痛絕的感受。

此外，gut（guts）也有「毅力」和「勇氣」的意思。日本人說「那人很有 guts[04]」時，跟英語的 He has the guts. 一樣，是稱讚對方「膽識過人」。又比如 He has the guts to take that risk. 是「他有冒那個風險的膽量」。gut 還有「本能的」意思，gut feeling 是「直覺」，指非經邏輯思考，而是身體（內臟）的本能反應或感受。

可能很多人都聽過「guts pose」一詞，但這其實是和製英語（Japanese English），源自日本一位叫石松葛茲[05]的選手在獲得世界拳擊輕量級

01 ガット。
02 ガット・ギター。
03 坊主憎けりゃ袈裟まで憎い。
04 彼にはガッツがある。
05 ガッツ石松。

冠軍時，舉起緊握的雙拳，好似在說「我是強者」的姿勢。真要用英語來表達“葛茲姿勢[06]”的話，可用「拳頭」的 fist 說成 raise his fists in triumph（舉起雙拳慶祝勝利），或是 thrust his fists in the air（把雙拳擊向空中）。

──胳臂和腳的價值──

身體是構成人的最重要部分，因而有 cost an arm and a leg（值一條胳臂和一隻腿）的說法，是「所費不貲」、「付出昂貴代價」的意思，例如 College tuition cost me an arm and a leg.（大學學費花了我很多錢）。

相同意思還有個 give one' s right arm to...（犧牲右手臂也……）的表現，是「為了……不惜任何代價」的意思，表現出即使失去大部分人慣用且重要的右手，也要達成目的的強烈願望。

out on a limb 是「孤立無援的狀態」，go out on a limb 則成了「冒險」，例如 I don' t want to go out on a limb.（我不想冒險）。tear one limb from limb（撕裂手腳）是將某人四分五裂，比喻「強烈攻擊某人」。從這裡我以為 out on a limb 的 limb 也指「手腳」，而把它

06 ガッツ・ポーズ。

理解成：在自己的手腳能及的範圍內進行的話不會有事，一旦出了那個範圍就可能出現無法自理的危險情事，所以是「處境危險」的意思。

然而，out on a limb 的 limb 並非指「手腳」而是「樹枝」，也就是說爬樹時一旦伸出樹枝之外就有跌落地面的危險。

但 risk life and limb 的 limb 又是指「手腳」，字面解釋為「冒生命與手腳的危險」，正是「冒極大的危險」的意思。

──借人一隻手是 lend a hand──

跟 hand「手」有關的英語表現裡，很多和日語有著同樣發想。例如玩撲克牌的人手上持有的牌，又或麻將桌上被分到的牌，在日語都叫「手」，輸牌的人總怨嘆「今天運氣不好，都拿不到好“手”[07]（好牌）」。這個“手”在英語也叫 hand，猜測對方拿了一手好牌時可用 I was guessing he had a good hand. 來表達。此外，日語的「手之內[08]」指內心想法、意圖，英語也用 show one' s hand 來表示，例如 I don' t trust Bill. I never show him my hand. 是「我不相信比爾，也從未讓他知道我的想法」。

07 今日はついていない。なかなかいい手が来ない。

08 手の内。

對日本人來說，最常聽到跟hand有關的外來語也許是secondhand[09]」，指二手貨、舊東西。在英語是當形容詞使用，如secondhand clothes「二手衣」、secondhand book「中古書」。

secondhand除了字面「二手的」，也有「間接的」意思，近年社會團體大聲疾呼吸煙者呼出的香煙對旁人造成為害的「二手煙」就叫secondhand smoke。

「幫助他人」在日語是「把手借人[10]」，英語也叫lend a hand（借人一隻手）或是give one a hand（給人一隻手）。have clean hands（有雙乾淨的手）是不從事違法或不道德的行為，表「清廉潔白」的意思。反之，get one' s hands dirty（把手弄髒）是「從事非法行為」、「做出有損品性的行為」，另一方面又兼具正面含意，指「不吝於弄髒手，辛勤工作」。

日語用「洗腳[11]」來指人改邪歸正或是退出黑社會。英語用「洗手」wash one' s hands of來表達「金盆洗手」、「不再承擔……的責任」，例如He washed his hands of politics and became a professor.（他已經退出政界變成教授）。當然wash one' s hands當然也有「洗手」和「上洗手間」的意思。

---

09 secondhand「セコンドハンド」，經常簡寫為「セコハン」

10 手を貸す。

11 足を洗う。

「手滿杯[12]」也是日語，指工作繁多而忙得不可開交，跟 have one' s hands full 同義。I have my hands full with the new project now. 是「我現在正為了那個新專案忙得不可開交」。也可用 My hands are full. 來表達「忙到分身乏術」。

free hand 是擁有自我決定事務處理方式的「自主權」。tie someone' s hands（把人的雙手綁起來）便成了「限制行動」、「 奪他人自由」，所以 The new rule tied their hands. 是「新規定剝奪了他們的自由」。此外，「不受控制」除了 out of control，也可用和「手」有關的 out of hand 來表達。

hand in hand「手牽手」在日本常被用來當作呼籲眾人協助與團結的口號。offhand 也用於商務場合，意為「即席地」、「未經準備地」。

像這種用到 hand「手」的表現還很多，也許是因為手是人體最常用到的部位。

—大姆指不是 finger—

接下來介紹跟「手指」有關的英語。日本人把手上五根手指視

12 私は手一杯だ。

為獨立個體而有個別稱呼[13]，但英語除了特殊情況，「大姆指」是 thumb，其他四指都叫 finger。

在眾多跟 thumb 有關的表現裡，先來介紹有名的 green thumb（綠姆指）。have a green thumb（有綠色姆指）是指「擅於栽培植物」、「精於園藝」的人，因為經常接觸綠色植物以致使大姆指變綠，是帶點誇飾的表現。

all thumbs「笨手笨腳」也是為人熟悉的表現。一般來說會用 clumsy 來形容，但口語可用 I' m all thumbs.（我笨手笨腳的）來表達。如果所有的手指都像大姆指一樣肥短的話，確實很難幹好細活。

倒是丹麥童話作家安徒生筆下有位＜姆指姑娘＞，英語標題為 Thumbelina，是由 thumb「姆指」和相當於日語「～將[14]」的親暱稱呼 belina 組成，即「小姆指」、「姆指小娃」的意思，日語標題翻成＜姆指公主[15]＞。

thumbs up ／ thumbs down 也是饒富趣味的表現。古羅馬競技場裡不斷上演鬥士（gladiator）決鬥的場面，輸的一方雖然面臨死亡的命運，但如果觀眾認同敗者勇於奮戰的精神，會做出豎起大姆指的動作，為輸家留下一條老命；反之，則在觀眾大姆指朝下的噓聲中被殺死。thumbs up 和 thumbs down 也從這裡衍生出「贊同」與「否決」的意

---

13 從大姆指到小指的日語各是：親指、人差し指、中指、薬指、小指。

14 ～ちゃん。

15 親指姬。

思。電影和演劇等受到「好評」時也用 thumbs up，遭到「貶低」時為 thumbs down。

同一表現在商業場合也很常見，例如 This project plan got the thumbs up. 是「這個專案計畫得到認可」；反之，Our proposal got the thumbs down. 是「我們的提案遭到否決」。誠如剛才介紹競技場上觀眾的反應如何影響鬥士命運時提到的，turn ／ put one' s thumb up（豎起大姆指）表「承認」、「贊成」；turn ／ put one' s thumb down（把大姆指朝下）是「拒絕」和「反對」的意思。

說來豎起大姆指向駕駛表達希望免費搭載一程的「搭便車」手勢是全球共通的，所以 thumb a ride 也等於 hitchhike。據說做出「搭便車」手勢時要把姆指朝向預計前往的方向。

——中指的回憶——

「食指」是 forefinger，另一個相當於食指的說法是 index finger。index 源自拉丁語的 indicare，有 point out「指出」的意思，看來跟日語把食指說成「指人的指頭[16]」是一樣的。

16　人差し指。

「中指」叫 middle finger，關於這個單字我本身有非常不好的回憶。那是在前往紐約的飛機上發生的。當飛機離開陸地在高空呈水平飛行後，空服員會先發送擦手的熱毛巾（現在多被有殺菌效果的濕紙巾所取代）。當空服員回收毛巾的時候，我不知道其他人會怎麼做，但我總是把為對方著想視為日常行動的目標，因而打算把毛巾捲成棒狀遞給對方便於取回。可惜的是捲好的毛巾另一端（即朝向空服員的那一端）因支撐力不夠而下垂，反而造成回收時的不便，於是想到用食指支撐，卻因手指不夠長而感覺不穩

最後改由用四指握著，以中指支撐的方式遞交。就在空服員抽走毛巾後，伸在半空中的手成了比中指的狀態。想必很多人都知道這是種萬不可在他人面前做出的猥褻指示。空服員的表情也明顯露出一股怒氣。

接下來便是一連串慘痛的遭遇。每到飲料和供餐時間我總會被刻意略過，完全不問我「想喝什麼」、「要 beef（牛肉）還是 chicken（雞肉）」。就在空服員為隔壁乘客端上餐點時，聽見我說“I didn' t receive the meal!”（我還沒點餐），她才裝出第一次注意到我的存在，而我拿到餐點的時間也總是比別人晚。

幾次下來我也學會教訓，趕在空服員問隔壁乘客“Beef or chicken?”之際一起回答“Chicken!”，對方才無可奈何地為我送餐。

這種故意的態度還真像小孩的惡作劇一樣。

個人的一片好意不料換來惡夢一場，這就是我糟透頂的「中指的回憶」。之後再也沒搭過那家公司的飛機。

──婚戒戴右手無名指──

「無名指」可稱為 ring finger 或 wedding ring finger，指的當然是戴婚戒的手指。由於心臟在左邊，象徵用「心」珍愛一生的婚戒一般也戴在離心臟近的左手無名指。另有其他說法是，因為從左手無名指到心臟之間有非常細微的神經分布，又或戴在左手無名指是為了穿過有“愛的血管”之稱的血管等。

但你知道在法國和德國等歐洲國家，wedding ring「婚戒」不是戴左手而是右手無名指的嗎？遠藤周作以法國為舞台的小說裡曾寫到「把婚戒套在右手無名指」的場景。我問一個跟德國人結婚的美國人，他說：「對啊，所以我每次去德國的時候都得在飛機上把戒指從左手換到右手。」這種事意外地很少日本人知道。

回到手指的話題，最後來談談「小指」little finger。在蘇格蘭、美國和加拿大，「小指」的口語又叫 pinkie 或是 little pinkie，據說是從荷蘭語的 pink（小指的意思）而來。

——長臉是「憂鬱的臉」——

跟臉有關的英語表現也很有趣。long face（長臉）是「神情憂鬱」、「心情不好的樣子」。為什麼伸長下巴的長臉會成了「憂鬱的表情」，以日本人的感覺來說還真是似懂非懂的微妙表現。總之，have a long face 是一副難過的樣子。

跟早先提到的 hand「手」一樣，face「臉」也有很多跟日語類似的表現，例如 lose face（丟臉）的日語也作「失去面子[17]」、「喪失體面[18]」；反之 save face（保全面子）是「保持體面[19]」。

形容人表裡不一、有兩面時，日語會用「那人『內在』思想和『表面』言行不一致」或是「有兩面性」來表達，更老的還有「有二心」的說法。在英語也用 two-faced（兩張臉的）來形容，並有「虛偽的」意思。

「虛偽的」又叫 hypocritical，「偽君子」叫 hypocrite，「偽善」是 hypocrisy。這些原來是希臘語「打如意算盤行為」的意思。很多人以為是從古希臘名醫希波克拉底（Hippocrates）而來，其實是源自希臘語「演技」的 hypokrisis 和「演員」的 hypokrites。

17　面目をなくす。

18　体面を失う。

19　体面を保つ。

這讓我想起羅馬神話裡有個叫雅努斯（Janus）的雙面神，兩張臉一張朝前，一張朝後，主宰事物的開始與結束。望向前後的雙臉也象徵了回顧過去與眺望未來，一年之中最能仔細思考過去和未來的時期正是一月。沒錯，January「一月」正是從 Janus「雙面神」而來。

——噬「心」——

我們都知道 heart 是「心臟」和「心」的意思。from the bottom of my heart 直譯是「打從心底」，例如 I appreciate your concern from the bottom of my heart. 是「我由衷感謝你的關切」。

at heart 是「本質上」、「在心中」，所以「我有顆年輕的心」可以用 I am young at heart. 來表達，當然也有「雖然外表『實際上』看起來老氣……」的意思。「暗記」一般用 memorize 這個動詞，也可用 heart 這個單字說成 learn... by heart（把……記下來）或是 know... by heart（記得……）。此外「背誦」是 recite，也可說成 say by heart。

my heart is in my mouth 或是 have my heart in my mouth 也許應該放在〈詼諧篇〉或〈恐怖篇〉介紹才對，表現出因為擔心害怕而把心臟提到嘴裡的樣子，即「提心吊膽」、「非常驚恐」的意思。例如，

My heart was in my mouth as I watched the plan rapidly descending.（飛機快速降落，看得我好緊張）。日語也用「心臟好像要從嘴裡跳出來[20]」來形容類似的緊張時刻。

日本人還用「那一剎那心都要停了[21]」來形容突然受到驚嚇的感受，在英語也有one' s heart skips a beat的表現。skip是「跳過」、「略過」，My heart skipped a beat when I heard the news. 是「我聽到消息時大為震驚（心臟漏跳了一下）」。

之前有個英國人問我孩童時代曾想做什麼。我小的時候日本還是個貧窮的國家，跟我一樣年紀的人在回憶過往時經常提到「只有在葬禮的時候才吃得到香蕉」的事。我用“I wanted to eat bananas to my heart' s content.”來回答對方「我想吃香蕉吃到飽」。「吃到飽」的說法從常見的eat as much as I want、eat until my stomach bursts（吃到胃炸開）、eat my fill（吃撐）到have plenty of...（吃很多……）都有，但是最符合我當時心境的是「盡情」的to my heart' s content。這是表達「想要盡興地做什麼」時很好用的句子，一定要記起來。例如，I want to study English to my heart' s content.（我想盡情地學英語）。

eat one' s heart out有「因憂慮而憔悴」以及「讓別人對你感到妒忌」（※ 參考下一段說明）的意思。My son is eating his heart out over his lost dog. 是「我兒正為了他那走失的狗極度沮喪中」。

20　心臓が口から飛び出しそうだ。

21　一瞬、心臓が止まるかと思った。

用命令形 Eat your heart out! 來表現時，是「嫉妒死了吧」、「瞧你個醜樣」的意思。這種用法常見於 show business「演藝界」裡。出於嫉妒或恨自己為什麼不能像某個大明星一樣賣座，轉而以自我哄抬的方式來挑釁對方，藉以發洩心中鬱憤。就好像無名歌手會用“Eat your heart out, Michael Jackson!”（麥可傑克森，你算老幾！）的說法來取悅觀眾。

──「黃金心」和「石頭心」──

接下來要介紹的 heavy heart 和 light heart，跟日語「沈重的心[22]」和「輕躍的心[23]」一樣，分別指「心事沈重」和「心情愉快」的意思。I went home from the funeral with a heavy heart.（我帶著一顆沉重的心從葬禮返回家中），表達了內心悲痛的情緒。

my sweetheart 是「我的親愛的」，但字面是「戀人合約」的 sweetheart deal（也做 sweetheart contract，可不是“小三合約”），是指工會與企業主共謀簽訂對雙方有利卻不利於受僱者的「甜頭協議」。

heart of gold（黃金之心）也是個很棒的表現，指「善良的本性」。由

22 重い心。
23 軽い心。

尼爾・楊作詞作曲，摘下1972年全美冠軍榮耀的＜ Heart of Gold ＞，歌詞描寫礦工（miner）為追求heart of gold（赤子之心）而展開旅程，巧妙地將miner和gold連結在一起。只要聽到旋律任誰都會立刻想起「啊～是那首歌」。我每次聽這首歌都很慶幸日文版沒有把它翻成「黃金之心」而是「孤獨的旅途[24]」，反而更貼近詞曲的意境。

heart of gold的反義是heart of stone（石頭心），即「鐵石心腸」、「冷酷無情的本性」，源自舊約聖經《以西結書（Ezekiel）》的“I will remove your heart of stone and give you a heart of flesh.”（從你們的肉體中除掉石心，賜給你們肉心）。

heart還有「中心」、「中央」的意思，例如My office is in the heart of Tokyo.（我的公司在東京市中心），可做為「中心」和「心」的雙關語。就像標榜The Heart of Siberia的旅遊行程，可讓人同時意識到「訪問西伯利亞的中心地區」以及「感受西伯利亞的心」雙重意思，聽起來充滿魅力。

此外，heart也指「核心」，the heart of the problem是「問題核心」。只要知道這個用法，就能理解The detective got to the heart of the mystery.（偵探已經掌握謎題的核心）這類文意。

24 孤独の旅路。

——英語也是「拉上嘴鍊」——

loudmouth是「高聲講話的人」，例如He is a loudmouth.（他是大聲公）指的是這人嘴巴不牢，守不住祕密。

反之，keep one' s mouth shut（把嘴巴閉上）是「保持沈默」。有趣的是日本人用在嘴上拉拉鍊的動作來表達「緘默」，英語也有zip one' s lips（拉上雙唇）的說法，是「閉嘴」的意思。bite one' s lip（咬住嘴唇）是「忍住避免多話」。bite one' s tongue（咬緊舌頭）則是「強忍著不說出自己的想法或感覺」。

——耳邊風的英語是？——

要表達自己「全神傾聽對方說話」的時候，可以用帶點誇張的方式說成I am all ears.（我全身都是耳朵）。類似的表現還有I am all yours.（我整個人都是你的）是「完全遵照你的指示」、「你說什麼我都聽」的意思。

跟I am all ears.相反，無視於旁人說話，亦即他人的忠告「不被理睬」時叫fall on deaf ears。例如，We' ve given our daughter lots of advice, but it' s fallen on deaf ears.（我們給了女兒很多忠告但她完全不理會）。用日語成語來形容就是「馬耳東風」——成了耳邊風的意思。

——可靠的肩膀是「商量的對象」——

英國雙人組合「Wham！合唱團」的〈去年耶誕〉（“Last Christmas”，George Michael 作詞・作曲）紅遍大街小巷。即使是現在，每到聖誕季節在日本仍與山下達郎的＜聖誕夜[25]＞並列為必播歌曲。既是如此，應該很多人都知道歌詞是描寫男性對去年聖誕節隔天把自己甩了的女友戀戀不捨的心情。

其中一句是“I guess I was the shoulder to cry on”。a shoulder to cry on 是「可以靠著哭泣的肩膀」，所以整句是「原來我只是你訴說煩惱的對象」的意思。像這種以為是兩人是戀人，原來只是對方商量對象的情況很常見。把單字順序做個調整，cry on someone' s shoulder 則成了「對誰哭訴煩惱」。

shrug one' s shoulder 是「聳聳肩膀」，就像外國人常做出提起肩膀、微微歪頭，抬起雙手放在低於肩膀的位子、兩手向外一攤的姿勢。用來表達莫可奈何的心情。

25　クリスマスイブ。

看到give someone the cold shoulder時，不要因為cold shoulder（冷肩膀）就以為是人的肩膀，這裡指的是羊的肩膀肉。英國人款待賓客時會端上上等的里肌肉，對於長時間打擾、希望對方早點離開的，則改用最便宜的「肩膀肉」。cold shoulder「冷掉的肩膀肉」的說法便是來自於此，指「故意冷落某人」。說來日本京都也有在大門口把掃把倒著放，暗示客人早點離開的習俗。位在地球兩端距離遙遠的國家竟有著類似的習俗。

——為什麼 neck 是「障礙」？——

risk one' s neck（讓脖子處於險境）是「用腦袋作保證」、「冒生命危險」，跟之前介紹過的 risk life and limb 意思相同。

stick one' s neck out 是「冒極大危險」，但有自行招惹危險的含意。有一種說法是來自雞被斬首時會自己伸長脖子放在臺子上。另一說是從拳擊手未舉起雙手防護，把頭伸向對方的做法而來。

up to one' s neck 是水深來到脖子，眼看就要淹到口鼻的狀態，指人「深陷於某種情況，沒有多餘的心思」。這讓我想起之前跟一位好久不見、日語超溜的美國友人碰面時，他問我最近過得如何，我用日語回他「已經是 up up 的狀態[26] 」。沒想到這位日語程度跟日本人差不多的朋友竟然問我「什麼是 up up ？」。

只好用“I am very, very busy with a lot of projects. I am like a drowning man. In Japanese, this situation is called ‘up up' .” 一長串英語來解釋「我有很多專案在進行，忙到不可開交。這種情況下日語會用溺水的人來比喻成“up up”」。他聽了之後回說「這樣啊！我還以為 up up 是很有活力的意思」。up 當形容詞使用時確實有「高揚的」、「（情緒）沸騰的」意思。但那時的我如果知道 up to my neck 這個表現，就能簡單用“I am up to my neck in projects.” 來說明。

pain in the neck是從「脖子的疼痛」引伸為「令人討厭的事物」、「苦惱的根源」，以日語來說就是「卡在喉嚨裡的魚刺[27] 」或「眼中釘[28] 」。還有一個表現叫neck and neck，是「勢均力敵」、「不相上下」的意思，例如 They were neck and neck in the debating contest.（他們在辯論賽中表現旗鼓相當）。

The neck of the bottle 是「最痛苦的時候」，可用來鼓勵他人 Once we get out of the neck of the bottle, everything' s going to go well.（只要突破瓶頸就能萬事亨通）。

此外，neck 還有「障礙」的意思，從 bottleneck「瓶頸」而來。瓶

---

26 もうアップアップしていますよ。

27 喉に刺さった小骨。

28 目の上のたん瘤。

身結構來到頸部時會變細，用道路來比喻的話就像原本寬敞的路面突然變窄，車輛集中在此造成塞車。所以「瓶子的頸部」會阻礙事物發展，變成「障礙」的意思。

——一鼻之差取勝——

可能是因為「鼻子」位在臉的正中央，英語也常用到 nose 這個字。have one' s nose in the air（鼻孔朝天）是「擺出一副神氣的樣子藐視眾人的態度」。look down one' s nose at...（經由鼻頭俯視……）是「瞧不起」的意思。

lead... by the nose（牽著……的鼻子）出於飼主拉住牛或馬的鼻環，自由驅使巨大的身軀向前、向左右拉動的動作，意指「控制（他人）完全遵照自己的意願行事」。

日語有「勝在一鼻之差[29]」的說法，是指賽馬時跑抵終點的些微差距，英語也叫 nose out，等同 win by a nose，是「險勝」的意思。嫌一鼻之差不夠看的話，還有「一髮之差取勝」的 win by a hair。

nose 當動詞使用的時候有「嗅」的意思，nose around 從用鼻子嗅來

29　鼻の差で勝った。

嗅去的動作比喻成「查探」。至於形容詞 nosy（= nosey ）可知道它的意思？這也是從伸長鼻子介入的動作來比喻「好管閒事的」、「愛追問的」。跟 curious「好奇的」意思差不多，但 nosy 有愛探究他人隱私的負面印象。

也許是因為這樣，日語用「把臉伸入[30] 」來表達自主參與對方事物，而英語用鼻子的 stick one' s nose into... 來表達「好管閒事」。此外，避免製造麻煩是 keep one' s nose clean（保持鼻子乾淨），即「不做令人猜疑的事」、「潔身自好」的意思。

──一根毛髮──

hair「毛髮」很細，就像剛才介紹 win by a hair「用一髮之差取勝」的 a hair 是「極小」又或「迫近極限」的意思。a hair' s breadth 是「一根毛髮的寬度」，by a hair' s breadth 則成了「險些」、「千鈞一髮」的意思。

英語排版裡有個日語所沒有的校正記號是 #hr，# 代表 space，hr 是 hair 的縮寫。英語偶爾會出現字跟字（這裡的字並非 word「單字」，而是 letter「字母」）緊貼在一起的現象，這時可用 #hr 來表示兩字之

30 顔を突っ込む。

間只要空出一根毛髮大小的細微空格。

hang by a hair 是只靠一根頭髮吊著，所以是「處於極不穩定、危險的狀態」。這是從有個國王請家臣上坐王座，並在其上用一根毛髮吊著一把刀，讓他了解國王這個位置一直伴隨著高度風險，而不像家臣說的那樣幸福愉快。

還有個說法 not harm a hair on someone' s head（不損頭頂一根毛髮），是「毫毛不犯」的意思。例如，Don' t let harm a hair on my son' s head.（千萬不要傷害我的兒子）。

tear one' s hair out 是「揪頭髮」，就像日本電影【永遠的三丁目的夕陽[31]】裡吉岡秀隆所飾演的無名作家茶川，總是焦躁地抓頭的動作。tear one' s hair out 還有「極度擔憂」、「傷心」和「非常憤慨」的意思，例如Bob' s tearing his hair out worrying about entrance exam.（鮑伯非常擔心入學考試的事）。

換個心境來介紹一下跟 hair 有關的悠然自得表現。let one' s hair down 是藉由女性回到家中，取下髮夾、髮帶或髮梳等，放下長髮的模樣來比喻「不拘禮節（放輕鬆）」的意思。

---

31 ALWAYS 三丁目の夕日。

——阿基里斯的弱點——

人體是由各種部位構成，包括內臟、骨頭和肌肉，每個部位都還分成幾個部位，有著數不完的細部名稱，以下僅挑出其中一小部分做介紹。

首先是Achilles tendon「阿基里斯腱」。tendon是醫學用詞的「腱」，Achilles是在希臘神話登場的英雄，即荷馬史詩《伊利亞德》的主角阿基里斯。阿基里斯跑得很快，在書中有飛毛腿之稱。日本也有家鞋業製造商叫Achilles[32]，便是借用飛毛腿阿基里斯的名字。然而這位英雄也有弱點，那便是從小腿後側到腳踝之間的部分。

阿基里斯出生後，母親將他浸在冥河斯堤克斯裡，讓河水為他帶來長生不死的神力。但她抓的是阿基里斯的腳踝，就只有那個地方沒沾到河水而成為弱點。阿基里斯在率大軍參加特洛伊戰爭時，被人用箭射中腳踝死去，成了Achilles tendon（又叫Achilles heel）的由來。

tendon的發音也很有趣，每次看到Achilles tendon這個詞時都會想到【麵包超人】裡的炸蝦飯超人（Tendonman）。

---

32 アキレス株式会社。

——新鮮的 flesh——

flesh 不是「新鮮的」（fresh），而是指人體或動物的「肉」，所以「食用肉」的 meat 也可用來指人體的「肉」和「肌肉」。獸肉的 flesh，有 flesh and bones「帶骨的肉」的說法，來句俏皮的形容—— fresh flesh 是「新鮮的肉」。指人體的肉時，可用 gain flesh、get fat 或 gain weight 來表示「發胖」，反之 lose flesh 是「變瘦」。There is no flesh on him. 是「他瘦得只剩皮包骨」。

聖經裡多把人分成肉體和精神兩面來陳述，講述「肉體」時用 body，「精神」是 mind，但不知為什麼我覺得用 the flesh（肉體）和 the spirit（精神）來形容聽起來比較能引起共鳴。例如新約聖經《馬太福音》裡有句 The spirit is willing but the flesh is weak.（心靈固然願意，肉體卻軟弱了），也能解釋成「心裡想要這麼做，但身體不聽使喚」，做為拒絕他人的藉口。聖經裡還有一節寫到 I am not with you in body, but I am with you in spirit. 是「我身子雖與你們相離，心卻與你們同在」。

flesh 也可當動詞使用。flesh up 和 flesh out 都是「長肉」的意思，除了指人體與家畜的「增肥」，也有藝術家等在作品達到某個程度之後加以細部修飾的意思，例如 The novelist fleshed out the story.（那位小說家充實故事內容）。

——體內的「面紙」——

聽到人體內有tissue（面紙？）時可能會嚇一跳，其實指的是人體內的「組織」，例如「神經組織」是nervous tissue、「腦部組織」是brain tissue、「肌組織」是muscular tissue。最近tissue engineering「組織工程[33]」一詞在日本也變得耳熟能詳，屬再生醫學和再生醫療，即利用誘導式多能性幹細胞（iPS細胞）和胚胎幹細胞（ES細胞）這類萬能細胞產生人工器官和組織的學問。

當然tissue也有「面紙」的意思，讀者可以大為放心。tissue原指「薄紙」或「編織成纖維狀的東西」，由於人體組織也是由同一種細胞的集合體組成的纖維狀而有tissue之稱。順便一提，Kleenex也可當作「面紙」的代名詞，這是由品牌名稱變成普通名詞的代表性例子。

〈人體篇〉的最後把話題拉回nose，介紹一下brown nose這個很厲害的表現。brown nose跟flattery、apple polishing、soft soap和buttering up一樣，都是「拍馬屁」、「諂媚」的意思。至於「棕色鼻子」何以成了「拍馬屁的人」，留待〈色彩篇〉說明。一旦知道了它的由來，可能會徹底顛覆你對英語的想法。

33 組織工程又為人體的再造技術組織工程，是利用細胞生物學和工程學原理，研究如何修復、重建損傷的組織與器官，或研發其替代物的一門科學。（出自：國立自然科學博物館）。

植物篇

Floral Expressions

——玫瑰是玫瑰，所以才叫玫瑰——

以前我對某個英語單字為什麼要叫那個單字，它的由來是什麼？出自哪裡？很感興趣（那也是為什麼會寫這本書的原因），每次和英國或美國朋友見面時總會問一下，帶給對方困擾。就像日本人平常說話時不會思考日語的出處一樣，那些老外也以同樣的感覺用英語溝通，對於我的提問一定感到困惑。

有個美國人總是以“A rose is a rose.”委婉避開我的問題——那是遇到「無法明確說明」、「因為是那樣，所以是那樣」情況時的慣例說法。「玫瑰就是玫瑰」還有更饒舌的講法是“A rose is a rose is a rose is a rose.”（ 玫瑰是玫瑰，所以玫瑰就叫玫瑰），亦即「事情就是這樣，沒有比這更多，也沒有比這更少」的意思。

rose的花語是「安樂」、「愉快」，a bed of roses（玫瑰花床，鋪上層層玫瑰的床）意指「安逸舒適的時間和狀態」，但經常伴隨否定句使用，例如Marriage is not a bed or roses.（婚姻不是一張玫瑰花床），即「婚姻生活並非完全稱心如意」。

這讓我想起了一部出品於1962年，由傑克 · 李蒙主演的美國老電影【相見時難別亦難 The Days of Wine and Roses】，描寫逐漸沈迷杯中物的新婚夫婦故事。由亨利 · 曼西尼作曲、安迪 · 威廉斯主唱的同名主題曲大為暢銷，也成為日後許多歌手翻唱的熱門歌曲。

come up roses 是「成功」、「順利過關」的意思，例如 Everything' s coming up roses. 是「萬事美好」。類似的還有 come up smelling like a rose（= come up smelling of roses，像玫瑰一樣綻放芳香）是比喻「即使有不好的事發生，仍可重振而起，不損過去的名聲」，出自於「幸運的人即使掉落屎坑，爬上來後仍散發玫瑰香氣」的表現。

—— Tudor Rose 是紅白色玫瑰 ——

Wars of the Roses 是名副其實的「玫瑰戰爭」，指英格蘭的約克（York）家族和蘭開斯特（Lancaster）家族自 1455 年起為爭奪英格蘭王位而持續了 30 年的戰爭。由於兩家的家徽各是蘭開斯特的「紅玫瑰」與約克的「白玫瑰」，後人便以「玫瑰戰爭」稱之。

英國有很多酒吧（pub），其中不少以當地的歷史和事件命名，並把它融入店招牌（pub sign）的創作之中，非常有意思。很多畫上「紅玫瑰」的 pub 叫「蘭開斯特亭」、「紅玫瑰亭」，漆上「白玫瑰」的叫「約克亭」、「白玫瑰亭」等。更有趣的是，「紅玫瑰亭」較多的地區和「白玫瑰亭」較多的地區各顯示了當年兩大家族在當地的勢力分布情況。

「紅玫瑰」的蘭開斯特與「白玫瑰」的約克家族和解之後，成立了 Tudor dynasty 的「都鐸王朝」，皇家徽章也以結合紅白兩色的 Tudor Rose「都鐸玫瑰」作為象徵。取名「都鐸亭」、「紅白玫瑰亭」的酒吧在招牌上彩繪外紅內白的花瓣圖樣，有的甚至畫成紅白相間的樣式。

Every rose has its thorn.（每朵玫瑰都帶刺）的 thorn 是「刺」，整句話是在警告人看似美好的事物也潛在危險，亦即「這世上沒有完美的幸福」。日語也有句諺語叫「美麗的玫瑰總帶刺[01]」，指再美的事物也有醜陋的一面，或是美人有危險的一面，不可掉以輕心。

——百合的肝臟——

跟 lily「百合花」有關的英語表現也饒富趣味。知道 lily-livered（百合的肝臟）是什麼意思嗎？以前的人認為脾臟是憂鬱等負面情緒的源頭，卻深信肝臟（liver）能分泌勇氣，而勇氣的強弱決定於肝臟中的血液含量。膽小的人的肝臟被認為血液含量少，像百合一樣蒼白，lily-livered 因而成為「膽怯的」、「欠缺熱情和勇氣的」意思。

01　きれいなバラにはトゲがある。

還有一詞是 lily-white，當然是像百合一樣「白皙的」意思，例如 Her skin is lily-white.（她的皮膚很白）。然而百合花不只一種顏色，還有黑色、紅色、粉紅與黃色等各種顏色，也有白色花瓣中帶紅色紋路或斑點，甚至是如同血染般大紅的花瓣者。

為什麼百合花在歐洲有「潔白」的印象？這得追溯到基督教裡象徵純潔的白百合花 Madonna lily「聖母百合」這個表現。Madonna 指的當然是聖母瑪利亞。告知瑪利亞將以處女之身受胎生下耶穌的天使加百利，在聖畫裡總被描寫成手持白百合花的形象，那花便象徵了瑪利亞的 virginity（童貞）。

——給百合花貼金——

gild the lily（給百合花貼金）的 gild 是「給……貼上金箔」、「把……鍍金」的意思。百合本身就是美麗十足的花，在其上貼金是「多此一舉」，反而摧毀原本的美好。源自莎翁劇作【約翰王 King John】裡一段表現改編後的結果。以下節錄該段表現的白話文內容：

"To gild refined gold, to paint the lily, ／ To throw a perfume on the violet, ／ To smooth the ice, or add another hue ／ Unto the rainbow, or with taper-light／To seek the beauteous eye of heaven to garnish,／Is wasteful and ridiculous excess."

「給金子鍍金、給百合上色、給紫羅蘭噴灑香水、打磨冰塊，或是為彩虹增添一道色彩、為燦爛的太陽添上一把燭火，都是浪費而可笑的多此一舉」

原文是"To gild refined gold, to paint the lily"，一般把中間省略以 gild the lily 來表現，也可用原本的 paint the lily（給百合上色）來表達「畫蛇添足」之意。

——olive 是「和平」的象徵——

The olive branch is an emblem of peace.（橄欖樹枝是和平的象徵），這句話當然出自舊約聖經《創世紀》裡，諾亞在大洪水之中放出尋找陸地的鴿子叼回一根橄欖樹枝的故事，讓橄欖樹枝成為和平與安寧的象徵。聯合國會旗上印有從北極上空俯瞰世界的地圖，而圍繞在世界地圖兩旁的就是橄欖樹的枝葉。

hold out the olive branch（伸出橄欖樹枝）是「做出友好的表示」，

例如 After we quarreled, I' m the one who always held out the olive branch.（吵架後總是我先提和解）。

電視上經常可以看到馬拉松優勝者被戴上桂冠的畫面，這是承襲古希臘授與競技優勝者桂冠的習俗。桂冠是用月桂樹的枝條編成，月桂樹的英語叫 laurel，日產汽車古董高級房車「Laurel」便是以象徵名譽和地位的「桂冠」命名。跟 laurel 有關的表現有 gain laurels（得到月桂樹），是「獲得榮耀」、「贏得聲望」。還有一個叫 rest on one' s laurels（在月桂冠上休息），是「坐享過去的榮耀」或「滿足於現有成就」的意思。

此外，從 laurel 又衍生出 laureate 這個單字，當作形容詞是「戴桂冠的」，名詞是因為做出優異成績而「獲得榮譽者」、「得獎者」的意思。因此，winner 指一般的「得獎者」，gold medal winner 是「金牌得主」，而諾貝爾獎得主以 laureate 稱呼，例如 Professor Nakayama is a Nobel laureate.（中山教授是諾貝爾獎得主）。

——溺水者是……——

麥子等穀類的莖稈叫 straw，也指喝果汁用的「吸管」。現在的吸管用塑膠做成，前端還能彎曲便於吸取，但我小時候的吸管還真是麥稈做成的。

英語裡有許多跟 straw 有關的表現，多用來比喻微弱、微小而不可靠的事物。例如，a straw in the wind（風中的麥稈）是比喻事態發展的「微弱徵兆」，從一根麥稈顯示風吹的風向而來。

catch at a straw（抓住稻草）是「做絕望的掙扎」、「為脫離險境，死命抓住任何機會」的意思。catch 也能用 clutch 或 grasp 來取代。這是從 A drowning man will clutch at a straw.（快溺死的人連一根稻草也要抓）的諺語而來。

還有個詞叫 straw man（稻草人），在英國一般說成 man of straw。straw 有「不可靠」的含意，所以 straw man 指的是「無足輕重的人」或「架空的敵人」。

straw man 還有一個意思是指，在議論場合裡藉由故意曲解對方言論，做出反對陳述的情形。舉例來說，甲乙兩人對於「如何防犯近來犯罪增加情形」做討論時，甲方提出「應該在每個地方都設監視器」的意見時，乙方藉此改變邏輯結構，根據對方的論點做出有利於自己的解釋，提出「你的意思是連廁所和更衣室都要設監視器囉？」的反論。像這種牽強附會的議論就叫 straw man argument。要人「不要曲解論點」時也可把 straw man 直接當動詞使用，以 Don' t straw man me. 來表達。

過去 straw 也在統計調查時派上用場。take a straw poll 是「進行非官方民調」，以前為了了解民間大致動向，使用「麥稈」進行投票才有了這個說法。

straw 還可用來抽籤。draw the short straw（抽到短麥稈）是從有長有短的麥稈籤中抽到短麥稈者為輸家的規則之中，比喻淪為「做別人不想做的事」的下場。正如日語「抽到貧乏籤[02]」——倒霉的意思。

——放蕩的燕麥——

麥的種類繁多，最常見的是「小麥」的 wheat、「大麥」的 barley、「黑麥」的 rye，以及「燕麥」的 oat。

02 貧乏くじを引く。

關於 oat，有個 sow one' s wild oats（播種野生燕麥）的表現，源自十世紀戰亂頻傳的英國。當時幾乎所有的男性都為了打戰而離家，農地處於長期休耕的狀態，田裡的燕麥因而野化自然生長。野生燕麥結成的麥穗很小，就算花時間照顧也無法收成換來收入，因此播種野生燕麥是浪費時間的蠢事。

從這裡，年輕人與多個異性上床「放蕩不羈」的行為被比喻成 sow one' s wild oats ——四處播撒無法收成的種子（精子）。

燕麥還能拿來餵馬。據說燕麥能促進馬的精力，在「性」趣方面充滿活力而四處奔跑。這也許是促使 sow one' s wild oats 變成「放蕩」的原因之一。據說最早使用這個表現的，是古羅馬時代的喜劇作家普勞圖斯，還真是歷史悠久。

——為香蕉狂喜——

用到水果的英語表現也很多。想必很多人都聽過 sour grapes（酸葡萄）這句話，是「把自己得不到的東西說成不好」的意思。《伊索寓言》裡有一則大家都知道的「狐狸與葡萄」的故事，述說一隻狐狸試圖取食掛在高處已成熟的葡萄，卻老是構不著，於是憤恨地說：「那葡萄肯定是酸的！」。cry sour grapes 就是「吃不到葡萄反而說葡萄酸」，例 如 Everything he said about not missing his ex-girlfriend was just sour grapes.（他說對前女友一點也不留戀，根本就是酸葡萄心理）。

再來介紹跟香蕉有關的表現。go bananas（去香蕉）是「瘋狂」、「神經錯亂」的意思，源自猴子大快朵頤香蕉的模樣。然而 go bananas 不只用在「興奮」的一面，也有「激怒」的意思，例如 My wife went bananas when I lost my wedding ring. 是「太太知道我婚戒掉了的時候可氣瘋了」。

──「壁花」是女性──

日語用「壁花[03]」來形容派對裡沒什麼熟人而靠在牆邊的人，跟英語的 wallflower 意思相同。但 wallflower 也指春天開的一種花叫「桂竹香」，這種花不常見，當然也不生長在石牆或壁上。

wallflower 指人的時候，是舞會中沒有舞伴而孤獨站在牆邊的「女性」，所以是由「牆壁」的 wall 和代表女性的「花」flower 組成的單字，跟日本的「壁花」意思其實不太一樣。

---

03 壁の花。

在日本是想成派對場合裡沒有熟人，一人獨自抽煙喝酒的男性。我也曾有過當「壁花」的經驗，某次出席站著吃的派對，除了主人其他人都不認識，只好一個人默默吃完東西就回家。那次的派對裡主人邀請了很多人來參加，結果無法招呼到每個客人。

記得我年輕的時候有一次在美國出差時也曾受邀參加派對。會場就在洛杉磯郊外、迪士尼主題樂園所在的安納罕市內的希爾頓飯店，主辦者是紐約一家節目製作公司。我只認識主辦單位的社長，而且還是點頭之交，只在對方來日本訪問時碰面打聲招呼，但還是去了。

到達飯店會場時，社長站在門口笑臉迎接我的到來，並立刻叫來幾位員工介紹給我認識。其中一名女性帶我到飲料區，我點了一杯橙汁之後，她又介紹我給下一個人，而下一位又介紹其他人……，一連串下來我認識了不少人。

會場位在飯店很高的樓層，附設中庭和室外泳池。當時只有我一個日本人，倒也怡然自得，拿著飲料跟其他人一起坐在泳池畔聊天，感覺好像闖入電影的派對場景之中。再也沒有比那時更慶幸自己曾努力學英語的了。

我沒有在那次的派對中成為「壁花」，在派對即將結束前幾乎和在場的每個人有過交集。回到日本後才知道主人最重要的任務在於，不要讓參加派對的客人成為 wallflower。

色彩篇

Colorful Phrases

——眼睛的顏色——

某天有個美國人來我的編輯室時，很驚訝我居然在如此明亮的室內工作，「天花板的燈光真刺眼啊！」，他說。確實在紐約郊區日本人集中的住宅區裡，從室內透出異常明亮的光線就能判斷那是日本人的住家。反之，歐美人偏好間接照明，習於把燈打向天花板，僅靠反射的光線在室內飲食起居，也不影響看電視和閱讀。

經常可見白人在冬日陽光普照的時候還跟盛夏一樣戴著墨鏡，據說那不是為了裝飾，而是因為陽光實在刺眼。果然藍眼珠和綠眼珠真是比日本人茶褐色、黑色眼珠來得容易透光。

最近看了一部非常有趣的小說叫《孤愁 Saudade[01]》，作者新田次郎在執筆途中病故，由次男藤原正彥接續完成。主角是明治時代駐日的葡萄牙外交官慕拉士。在慕拉士喪妻辭去外交官職務，移居到妻子的故鄉德島，與木匠鄰人橋本初見面時，有這麼一段描述。

「『哦～，這還是第一次這麼近看到藍中帶褐的眼睛啊！這樣也能看到東西哦？』慕拉士微笑道：『可以啊。』橋本又打趣說：『該不會飯粒的顏色看起來很微妙吧？』慕拉士笑著反問：『那黑色的眼睛是不是看起來就是黑色的啊？』四人於是大笑起來。」

01　《孤愁サウダーデ》，文藝春秋出版。「saudade」是葡萄牙語，描述懷舊、鄉愁的情緒並表達對已逝的過往感到渴望的意思。

這段描述是出現在小說的後半部，由藤原正彥執筆。在諸多文獻與史料裡都有關於慕拉士的記載，但我猜這是風趣的作者發揮想像力加入的橋段，搞不好是他在英美留學期間有過相同的經驗也說不定。

——「紅脖子」的記憶——

說起「顏色」的英語表現，我第一個想到的是 white-collar worker 和 blue-collar worker。仔細看好 collar 這個字，可不是「顏色」的 color，而是「領子」的 collar。日語跟中文一樣用「色彩」+「色」的組合來表達顏色，如「白色」、「藍色」、「綠色」等。但英語只要單一個字就涵蓋了顏色本身，如 white「白色」、blue「藍色」、green「綠色」。

身為日本人，用國高中生制服領子內側的白色塑膠夾層來說明 collar 這個字，對我來說是最容易理解的，但英語的 collar 也泛指一般襯衫的領子。相信大家都知道 white-collar「白領」和 blue-collar「藍領」。白領屬室內辦公勤務，以前多在西裝外套底下搭件白色襯衫而有 white-collar workers「白領職工」之稱。對照勞動屬性勤務的藍領，工廠作業員等習慣在工作服或連身服底下套件藍色系襯衫而有 blue-collar worker「藍領職工」之稱。

最近我還學到 pink-collar worker「粉領族」一詞，是指護士、祕書、小學老師、櫃台等以女性居多的職業，據說是從許多護士穿著粉紅色制服而來。

關於「顏色」與「勞動者」，我曾在講談社現代新書系列《不可思議的國家——美國[02]》這本書裡看到「美國南部把農場勞動的白人稱為『紅領』」的記述，即 redneck（紅色脖子）。有次我跟一位美國女性閒聊的時候，忘了當時怎麼會提到這事，只記得自己一心想要賣弄學識，跟對方說：「美國南部把農場勞動的白人稱為 redneck 對吧？」以為對方一定會很驚訝我怎麼會連這種事都知道。沒想到就在我說完的當下，她用一種驚訝中帶著困惑的表情，小聲警告我「以後不可以再說這個字，如果在美國用這個字一定會遭人圍毆」。原來 redneck 有嚴重的歧視色彩。

我對這個字產生興趣而做了各種調查，在某篇文獻裡寫到，redneck 是「出身於美國南部粗暴且頑固的貧困白人。偏執而頑固者」。這個字一開始是用來表達美國南部灼熱的太陽把從事戶外工作的人曬得脖子通紅，後來又引申出對入侵家園的外來者感到憤怒而「臉紅脖子粗」的意思。另外也指「癩皮病患者」，這種病會在人的脖子周圍起鱗狀紅色疱疹。不管是哪一種含意，都是非常不禮貌的說法，我一輩子也不會忘記，真得感謝那位告訴我的女性。

02　《不思議の国アメリカ》，作者是上智大學教授松尾貳之（現為名譽教授）。

——黑字與恐慌——

in the black 在經濟與經營管理學上是指「盈餘」，在日語也叫「黑字」。反之「虧損」是 in the red，日語同樣叫「赤字」。這是因為以前的人記帳的時候，用黑色墨水標示進帳，紅色墨水標示支出，因此 Our company was in the red last year. 是「我們公司去年賠錢」。

因為是專有名詞，所以首字母必須大寫的 Black Monday「黑色星期一」，是指 1987 年 10 月 19 日星期一發生的紐約股市大崩盤。在那之前的 58 年前，美國也曾經歷 1929 年華爾街股災（Wall Street Crash of 1929），在 10 月 24 日星期四爆發之後，引起全球金融恐慌，後世以 Black Thursday「黑色星期四」來稱之。

還有個比那之前更早的，是 1869 年 9 月 24 日華爾街投機客因炒作黃金失敗，引發金融恐慌，那天正值星期五而有 Black Friday「黑色星期五」之稱。但近幾年 Black Friday 有了完全不同的含意——指每年感恩節（11 月第四個星期四）隔日的星期五，即聖誕購物季的開始。商店希望這波年終商機能帶來盈餘（in the black）而以「黑色星期五」稱之，所以不要忘了「黑」也有正面含意。

——黑色瑪利亞——

在美國，運送犯人的囚車叫 Black Maria（※ 這也是專有名詞，要用大寫），是從 19 世紀一位住在波士頓的黑人女性 Maria Lee 的名字而來。這位體形壯碩且個性開朗的女性，受到眾人喜愛而有 Black Maria 的暱稱。她經營船員客棧，對客人照顧有佳並成為他們諮商的對象，也負責把喝酒鬧事的住宿客帶往警察局，又以保證人的身分把那人保出來，像個大媽一樣照顧每個人，並得到警察的信賴，從此運囚車被稱為 Black Maria。

在一群白羊中如果有一頭黑羊會顯得特別引人注目，因此 black sheep（黑羊）又被比喻為「不合群」或是「異端者」。羊毛的英語叫 wool，白色羊毛可以染成各種顏色，但黑色羊毛無法做其他變化而顯得沒有價值，並有魔鬼化身的傳說，讓 black sheep 還有「製造麻煩者」的意思。此外，「玷汙名家聲望的敗家子」也叫 black sheep。

——橘色的「黑盒子」——

很常聽到 black box「黑盒子（飛行記錄器）」這個詞，是飛機上用以記錄航線、速度與高度等飛航資料以及駕駛艙對話的“盒子”。同時也是用以究明飛航事故肇因的重要裝置，因此設計相當堅固，可以抵抗任何強烈的衝擊。然而為了便於回收，號稱「黑」盒子的 black box 外觀其實是橘色，即使在遠處也能一眼就辨識出來。

black box 也指使用者就算不了解其內部結構與運作原理，也能輕易操作的機器。舉例來說，電視對我而言是個 black box。我不了解它的結構、或是運用什麼原理顯示影像，但只要有遙控器在手，就能打開收看節目，還能隨心所欲地切換頻道。

電腦也是如此。大部分的人並不理解鍵盤如何輸出成文字、電子郵件收發技術，又為什麼能夠上網，但是拜電腦科技所賜，你我生活中有越來越多的 black box 出現。計算機也是按兩下就能得到答案的便利工具，但很少人需要知道數字與加減乘除等按鍵跟機械運算是如何連動的。算盤就不同了，所有的計算都在撥珠進退之間，想要快速得到答案還得經過相當時間的練習。我覺得現在的孩子更應該接受這樣的訓練，簡單就能獲得解答的學習方式不免讓人擔心起孩子的未來。

把話題從「盒子」移到「洞穴」。black hole「黑洞」是天文用語，指重力強大，能把所有接近的物質包括光與熱等全部吸入，無一能從中逃逸的天體。日常生活裡也用 black hole 來比喻「所有錢財消失殆盡的狀況」，例如 All of my money has gone down a black hole.（所有的錢被吸入黑洞裡）是「我的錢全都不見了」的意思。

——「紅」與「黑」——

法國小說家斯湯達爾（Stendhal）的名著《紅與黑》（Le Rouge et le Noir），是描寫一位名叫志利安・索雷爾的青年利用權謀計策獲得成功的故事。書名的「紅」指軍服、「黑」是僧服，各代表了「軍隊」與「教會」，是拿破崙帝國時代社會地位與聲望的象徵。

同樣是出身法國的文豪維克多・雨果（Victor Hugo）的時代小說《悲慘世界》（Les Misérables），自 1985 年根據原著改編成音樂劇在倫敦上演以來，一直是熱門音樂劇，並在 2012 年改編成同名電影，創下票房佳績，相信很多人都看過。音樂劇中志在革命的學生們高唱希望之歌＜ ABC Café / Red and Black ＞（Boublil Alain Albert 作詞・Schonberg Claude Michel 作曲），其中一段歌詞如下：

"Red — the blood of angry men!（紅，是怒憤之人的血）

Black — the dark of ages past!（黑，是過往的暗淡 月）

Red — a world about to dawn!（紅，是黎明即將到來）

Black — the night that ends at last!（黑，是長夜終將結束）”

雖然＜ I Dreamed a Dream ＞和＜ Do You Hear the People Sing? ＞兩首也很動人，但我最喜歡的還是這首＜ Red and Black ＞。

—「白色謊言」與「黑色謊言」—

常謂「美國人意思表達明確，是就是、不是就不是」，又說「不管對方是誰，內容是如何引人不快，用明確的態度傳達事實才是美式誠意的 sincerity」。但是跟那麼多美國人共事、相處之後，感覺完全不是這麼一回事。white lie（白色謊言）這個片語的存在也能證實我所言不假，有時不得不用「善意的謊言」來圓場的行為看似各國皆然，在日本也有句諺語叫「說謊也是種權宜之計[03]」。反之，非出於善意者就成了 black lie（黑色謊言），是為了陷害對方而說出的重大惡意謊言。

說來日語也用大紅的「真赤謊言[04]」來指稱對方根本是在說謊。至於紅色何以成了謊言的標籤，就得說說日語的語源。日語原先用指示

03 嘘も方便。
04 真っ赤な嘘。

前後、表裏完全相反的「真返樣[05]」來表達「正好相反」，而「赤」這個字有「明顯」、「完全就是」的意思，後人就拿「赤」字來套用，使得「真赤[06]」有「明顯就是～」、「根本就是～」的意思。

—「白騎士」與「黑騎士」—

幾年前企業合併與收購（merger and acquisition，M&A）過程中常見的 white knight（白騎士）與 black knight（黑騎士）在日本也受到關注。白騎士是解救企業反併購的金主，舉例來說，當 B 公司企圖敵意收購 A 公司時，A 公司可在 C 公司友善的資金奧援下阻止 B 公司的鯨吞，進到 C 公司的保護傘下，如此一來也有較多的機會保全原來的經營團隊，維持既定的營運方針。對 A 公司而言，C 公司就像正義化身的 white knight。

但 B 公司也可能聯手 D 公司在市場上收購 A 公司的股票，達到收購的目的。在這種情況下 D 公司對 A 公司而言就成了 black knight「黑騎士」。

blackmail 是「敲詐」、「勒索」的意思。以前英國貴族幾乎包辦了蘇格蘭所有的農地，他們不住在當地卻對農民徵收不合理的昂貴地租，

05 真っ返様（まっかえさま、まっかいさま）。
06 真っ赤な。

連山賊也來插一腳，強收保護費。農民用來繳交地租或保護費的錢財，在古蘇格蘭語叫 mael（有「契約」的意思），後來演變成指「稅金」、「年貢」的 mail。

農民繳付方式又分兩種。一種叫 white mail（白地租），是以白花花的銀兩支付。沒有錢的就用黑牛或是農作物來墊替，叫 black mail（黑地租）。黑地租不像白地租一樣拿多少錢出來就是多少，地主和山賊便妄稱物價行情，收取異常高的黑地租，blackmail 也因而有了「敲詐」與「勒索」的意思。

把 mail 前面的顏色改一下，greenmail（綠函）又跟之前提到的黑、白騎士（black knight／white knight）有很大的關係，是股票用語「溢價回購」的意思。指的是單個或一組投資人大量購買目標公司的股票，為的是迫使目標公司以高出面額的價格買回上述股票，從中賺取價差。出於防止敵意收購的考量，目標公司也往往溢價實施回購。這一來一往讓人產生投資人形同是在敲詐目標公司，而後者以給付贖金了事的聯想。又，背面印成綠色的美鈔有 greenback 之稱，greenmail 便是由 greenback 與 blackmail 兩字演繹而來。

——簡直黑白不分的 blac——

最近我發現一件有趣的事，英語的 black「黑色」跟法語的「白」blanc 很像。Mont Blanc「白朗峰」是指白色的山，而西班牙語 Casablanca「卡薩布蘭加」的字面意義也是白色房子。

古英語裡 blæc 是「黑」、blac 是「白」，這兩個字簡直是黑白不分。未被填滿的「空白」部分 blank，也跟 black 長得很像。此外，bleach「漂白」是從 blac 演變而來，但 white「白色」的語源跟上述完全沒有關係，而是來自古英語的 hwit（明亮的、輝煌的）。

——「白」與「黑」——

black and white 正如字面解釋，是「黑白（的）」意思。black-and-white photo 是「黑白照片」，又叫 monochrome photo。mono 是單一，chrome 除了化學名稱的「鉻」，也有「顏色」、「色素」的意思，所以不只是黑白，只要是單色構成的都可叫 monochrome。

black and white 還有黑白分明的含意，可用來比喻「單純而且簡單」，例如 a black and white issue（黑白事件）是「可簡單獲得解決的問題」。再舉例 He tends to think about things in black and white. 是「他有簡單看待事物的傾向」。此外，in black and white 有「用白紙黑字」、「以書面印出」的意思，例如 You need to submit the plan in black and white.（你得用書面提交企畫內容）。

說起黑與白，保羅麥卡尼與史提夫汪達也合作過一首叫＜ Ebony and Ivory ＞（保羅麥卡尼作詞 · 作曲）的歌曲。ebony（黑檀木）和 ivory（白象牙）在這裡用來比喻鋼琴的黑鍵與白鍵，由保羅和史提夫四手聯彈與演唱，表達出對白人、黑人與其他有色人種能和平相處，共創美好世界的期望。

——灰色是「曖昧」的顏色——

在日本也跟歐美一樣，用「灰色」（gray，英式英語寫成 grey）來指稱黑白不明、曖昧的事物，並用「灰色地帶」（gray area）形容存在爭議的曖昧區間。但 gray matter（灰色物質）卻是個有趣的說法，指大腦和脊髓的「灰白質」，從而引申為「頭腦」和「智能」，所以 use gray matter 是「動腦」，例如 How can you solve those math problems if you don' t use your gray matter?（不動腦筋又如何能解開那些數學難題呢）。

當然 gray 也可用本來的意思形容事物，例如 He led a gray life.（他的人生是灰色的），又或是 The sky is gray.（天空是灰的）。1960 年代美國媽媽與爸爸合唱團（The Mamas & the Papas）的暢銷金曲＜California Dreaming ＞（John Phillips ／ Michelle Phillips 作詞．作曲），第一句便是"All the leaves are brown, and the sky is grey"，引人走進歌中離鄉背景的哀傷情愁，是首詞曲創作俱佳的作品。

日本人用銀髮族來稱呼高齡者，因此在日本博愛座又叫「銀髮座[07]」。但英語不用銀（silver）髮來形容白髮，而是用 gray hair 或是 white hair。gray 當形容詞是「老的」、「灰頭白髮的」；動詞是「使成灰白」，也有「高齡化」的意思。gray household 是「高齡家庭」，the graying of Japan 是「日本的高齡化」，graying society 是「高齡化社會」。

──看見紅燈也要直闖而過──

紅色代表危險，red 也有危險的意思。看見 red light「紅燈」當然要止步，但我還記得好久以前一對德國夫婦租車在美國佛州邁阿密的路上行駛期間，遇到紅燈停下來的時候，幾個男性搶匪突然持槍從隔壁

07 シルバーシート，英語標示為 priority seats（「優先座」的意思）。

車上跑來，在施暴奪去錢財之後駕車逃逸。

這些盜賊肯定把租車旅遊的觀光客視為肥羊，認為他們身上一定帶了很多現金，而且襲擊對象是外國人的話，很可能會抱著花錢消災的想法，認為「反正保住了一條老命，也能申請保險理賠，就算了」，不待當地警方調查結果就早早回國，也促使開出租車的人成為下手的對象。為防止類似事件一再發生，佛州政府採取了廢止識別出租車車牌號碼的做法，現在已經無法從號碼區分是出租車還是一般車。

由於這件事是發生在全球出版界人士聚集的書展活動不久前，出版人雜誌《Publishers Weekly》用注意事項（caution）呼籲參加者小心防範類似事件發生。令人驚訝的是，文章裡還寫到「如果遇到可疑的車輛跟車，絕對不要停下來，即使遇到紅燈也請直闖而過」——這本雜誌還真了得，也讓我對 run a red light「闖紅燈」這個表現留下深刻的印象。

建議人「闖紅燈」的報導在日本可能引發輿論抨擊，最後得由總編出面公開道歉才得以收場。話說回來，遇到紅燈大盜又有生命危險的時候，還真顧不得遵守交通規則。

——推理小說的「紅色鯷魚」——

紅色是挑動情緒的顏色，see red（看見紅色）是「突然生氣」的意思。be like a red rag to a bull 是指就像給牛看見紅巾一樣「一定會讓人生氣的事物」，例如 This kind of joke is like a red rag to a bull for him.（這種玩笑肯會激起他的憤怒）。

這個形容當然是源自被激怒的鬥牛衝向紅巾的模樣。但據說牛是色盲，紅色是給人看的，能引發熱烈的情緒，也能在廣大的場地中起到聚焦與強調鬥牛士華麗與精湛演出的作用。

red herring（紅色鯷魚）也是獨樹一格的英語表現。herring 是鯷魚，這種魚原來屬白肉魚，在灑上醋與香料吊起來煙燻之後，肉會變成紅色並發出惡臭，因此以 red herring 來稱呼燻過的鯷魚。英國從以前就盛行獵狐，而且獵狐者還被允許在追趕獵物的過程中可不經允許踏入他人的私有地。許多居民基於保護動物原則，反對獵狐活動，再說也沒有人喜歡看到自家土地遭人踐踏，便故意在地上拋撒燻過的鯷魚，擾亂獵犬的嗅覺，讓整場獵狐行動陷於混亂。

從此「轉移注意力的事物」就叫 red herring。小說家也利用 red herring 的手法來分散讀者注意力，使其無法順利觸及推理的核心。通常讀者認定可能是犯人的，不免一個接一個被殺害，正猶豫誰是凶手的時候，又有意外的情節展開。像這種「誘導視線偏離真相」的鋪陳手法就叫 red herring。

所以 red herring 也有「假情報」、「不實的消息」或是「與本質無關的事實或情報」的意思。公司會議過程中也會出現離題的情況，這時可用 The questions about the cost of the new project are a red herring.（有關新專案的經費問題跟本次主題的本質無關）來回答。

——紅地毯——

好萊塢電影節的時候總有一大票世界巨星受邀出席，他們走下禮車，在粉絲的歡聲中踩著紅地毯慢慢走進會場。the red carpet treatment 便是從這裡引申為「盛大隆重款待」的意思，例如 give someone the red carpet treatment 是「隆重接待某人」，也可說成 roll out the red carpet。roll out 是把捲成筒狀的物體「攤平」的意思。

稍微想像一下電影節開幕前的準備工作，幾個工作人員彎腰把捲起的地毯鋪展開來的情形，就是 roll out the red carpet。幾十公尺下來，稍有年紀的一定會腰酸背痛，這麼做無非是為了迎接巨星的到來。順便一提，roll out 的反義詞是 roll up，「捲起來」的意思，就好像把古書捲成一卷的動作。

之前東京國際電影節曾把紅地毯改為綠地毯，也許今後會出現 green carpet treatment 的說法也說不定。

還有一個片語叫 red tape（紅膠帶）。以前英國官方文件是用紅色膠帶裝訂成冊，因此 red tape 除了指「拖拉費時的公家事務」，也有繁縟的「官僚主義」與「制式而繁鎖的程序」之意，例如“I ran into all kinds of red tape.”是抱怨「我被繁雜的公家手續煩死了」。

再介紹一個跟 red 有關的表現是 red-eye flight（紅眼班機），即在飛機上過一夜的「夜間航班」。由於是夜間飛行，從駕駛員、空服員到乘客，人人眼睛充血而有了這個稱呼。我最近也常從羽田國際機場搭深夜班機前往美國，那時就可用 I took the red-eye flight from Tokyo to San Francisco.（我搭乘晚班飛機從東京前往舊金山）來表達。

——綠色是「嫉妒」的顏色——

稍微認真學英語的，應該都知道綠色還有「嫉妒」的意思，例如 green with envy 是「十分妒忌」、「吃醋」的意思，例如 When his colleague got promoted, Jack was green with envy.（傑克對他同事升官一事感到嫉妒不已）。但綠色為什麼會成了「嫉妒」的代表色？

我是這麼想的，用顏色來比喻男女之間的情感時，如果「紅色」是對異性的好感所激發的熱情，那麼憎恨對方的負面情感可用「藍色」來形容，「黃色」則是擔心雙方再也無法復合的焦慮，而「嫉妒」是混合前述三種情感的產物——紅、藍、黃三色調在一起的時候不正好是綠色嘛。

就在我查閱文獻的時候也證實我想的沒錯。古希臘醫學有「四體液學說」，認為人體是由四種體液構成——血液、黏液、黑膽汁和黃膽汁，當四種體液失去平衡的時候人就會生病。體液的分布也影響人的性格，血液多者先天樂觀，黏液多者反應遲鈍，黑膽汁多者偏陰鬱，黃膽汁多的則被認為是急性子。

文獻中還寫到，人的情緒也會影響體液的分泌，當心懷「嫉妒」的時候，綠色「黃膽汁」會過度分泌，讓人的臉色變成綠色。因此古希臘女詩人莎芙用「綠色」來形容因失戀而妒火中燒的人，後世在文學與詩集裡也盛行用「綠色」做為「嫉妒」和「因羨慕而憎惡對方」的情感表現。

綠色的「嫉妒」也出現在莎翁的作品裡。在《威尼斯商人》裡有一段台詞是“How all the other passions fleet to air, …And shuddering fear, and green-eyed jealousy.”（一切雜沓的思緒……戰栗的恐懼和綠眼的妒忌，轉瞬煙消雲散）。在《奧賽羅》裡也有“O' beware, my lord, of jealousy! ／ It is the green-eyed monster which doth mock ／ The meat it feeds on.”（閣下，要小心嫉妒是很可怕的，它是個綠眼妖魔，誰做了它的犧牲，就要受它玩弄）的台詞。

「綠眼」的貓科動物如獅子、老虎和貓等，也不會在捕獲獵物之後立即吞下肚，會先把玩一番讓獵物飽嘗痛苦。人類的嫉妒亦是如此，總是在愛對方的同時又擺脫不了憎恨與折磨對方的情緒。

——「尚未成熟」與「環保」的 green ——

在日語，藍色（漢字寫成「青」）有不成熟的意思，所以日本人用「那傢伙還很“青”[08]」或是「青二才」來指對方仍是個不經世故的毛頭小子。在英語則用 green 來表示，就像尚未成熟的蘋果是「綠色」的一樣（日語則叫“青”蘋果），所以 green worker 是指「還不習慣的新手勞動者」。

greenhorn（綠角）也是「初學者」、「新手」和「生手」的意思。以前的人用公牛耕地，要讓如此笨重、頑固又充滿力氣的動物學會聽從使喚並非易事，得從小訓練起，等到牛角也長得差不多的時候才終於懂得向左、向右的簡單指令。因此才剛長出角的公牛還很“青澀”，賣不到好價錢。

08 あいつはまだ青い。

在環保方面也常用green這個字來表達友善環境的意思，例如green energy是「綠色能源」，green consumer是重視環保的「綠色消費者」，green politics是「環境保護政策」，green chemistry是「綠色化學[09]」，而Green Party「綠黨」是在德、英兩國結成以保護地球環境為目的的政黨名稱。

近年新聞經常出現the greenhouse effect一詞，greenhouse是「溫室」，所以是「溫室效應」的意思，指的是大氣層內積蓄的熱量無法向外排出，造成全球氣溫上升，就像用來積蓄熱量的溫室一樣。溫室效應帶來了global warming「全球暖化」的問題，原因來自於greenhouse gas，也就是二氧化碳和甲烷等「溫室氣體」增加的關係。green light是「綠燈」，意指可通行（go!），因此green light又有「正式許可」的意思，把兩個字合起來寫成greenlight又可當動詞使用，表「准許」、「放行」。因此，give the green light是「正式批准」，get the green light是「取得正式許可」。

——幸福的綠光——

在晴天傍晚，太陽完全沒入海面或地平線的那一瞬間所形成的短暫綠色光芒，就是所謂的「綠光」green flash。這種自然景象很少見，因

09 綠色化學的定義在於，從源頭開始就充分利用原料和能源，減少、甚至達到有害物質零釋放，以降低對環境的衝擊。

此有人說「看見綠光就能得到幸福」。

1984年有部電影叫【最接近天堂的島嶼[10]】（大林宣彥導演、原田知世主演）是改編自日本作家森村桂執筆的同名遊記，描寫一位住在最接近天堂的島嶼——南太平洋新喀里多尼亞島的少女成長故事。我記不得整個故事情節，卻怎麼也忘不了最後一幕太陽西沈的瞬間，四周被染成綠色的景象。

我是在看了那部電影之後才知道 green flash 的存在，暫且把看見綠光能帶來幸福的傳說擺一邊，當時還不知道這種現象的起因，卻在數年後觀賞艾力克・侯麥（Eric Rohmer）執導的法國電影【綠光 Rayon Vert】裡得到解答。劇中一段台詞是，「太陽會發出紅色、黃色與綠色光線，其中以綠色的波長最長，因此當太陽消失在地平線的瞬間，只剩綠色光線混同四周的顏色映入我們的眼簾」。

大約在那十年之後，有次我沿太平洋海岸線從舊金山開車到洛杉磯，右邊大圓通紅的夕陽正要沈入海面，突然想到或許有機會看到 green flash，於是把車停在展望台上直直望向海的那邊。經過二十分鐘的等待，就在太陽完全沒入之際，一道綠光劃向天際……只那麼一眨眼的時間就消失了，也不像電影裡描述的那樣四周被染成一片綠色，不過還是留下生動的回憶。

10　天国にいちばん近い島。

——藍色是高貴還是猥褻？——

blue「藍色」有各種形象，可以是「天藍色」的 sky blue，又同時扮演了憂鬱，如 blue Monday「憂鬱的星期一」，或是 I am feeling blue now.（我現在覺得很鬱卒）。

但你知道 blue 還有「高貴的」意思嗎？blue-blooded（藍血）是「貴族的」、「出身名門的」，源自於西班牙語「貴族血統」的 sangre azul，原來指的是「貴族的肌膚白到能透出血管顏色」。西班牙在 8 到 15 世紀的時候被來自北非的伊斯蘭教徒所統治，但西班牙人對征服者摩爾人感到憎恨之外，又讚賞原先就住在西班牙的先住民純正血統，而有了這樣的稱呼。

反之，blue 也有「猥褻的」、「色情的」意思。blue film（藍色電影）是「黃色電影（色情片）」，blue jokes（藍色笑話）是「黃色笑話」。blue 之所以從高貴流於猥褻，是因為 19 世紀初期法國一家叫 La Bibliothèque Bleu[11] 的出版社發行了大量的黃色書刊而來。

in a blue moon（藍月）是「很長的期間」，once in a blue moon（只在月亮變藍的時候）是「千載難逢地」、「特別少地」。據說在很偶然的情況下才有機會看到月亮受大氣微塵的影響呈現藍色的狀況，而

11　法語「藍色」bleu 的拼法跟英語 blue 的 u 和 e 正好對調。

有了這種說法。可用 She takes a vacation once in a blue moon. 來形容「她很難得才休假」。

——粉紅是元氣色——

pink 是「粉紅色」、「桃色」的意思，in the pink 是「非常健康」，所以要表達「我阿嬤很健康」的時候也可說成 "My grandmother is in the pink."。 in the pink 也可解釋為「健全」，例如 I' m in the pink financially.（我的經濟狀況沒問題）。

be tickled pink 是「感到非常高興」，tickle 是動詞「呵癢」、「逗人發笑」、「使快樂」的意思。Mary was tickled pink when she received the flowers. 是「瑪莉收到花的時候非常開心」。

因為生氣或是想起過去丟臉的事而面紅耳赤，或是因激烈運動而滿臉通紅時，一般用 go red，有時也用 go pink 來形容，例如 She went pink again as she remembered her mistake.（想起過去犯的錯，她又再度感到不好意思）。

——白色物品和黑色物品——

white goods 是俚語「電氣製品」的意思。很久以前在一本英語單字集裡看到這個片語時，不加思索就直接背起來，之後越想越奇怪。雖然冰箱和洗衣機多屬白色家電，但電視、錄影機和藍光播放機不幾乎以黑色為主？難道現在美國還是用 white goods 來泛指家電製品？

不過想歸想，平常有太多事要忙，這種事沒弄清楚也不是什麼大問題，就這樣一直放著。幾年前日本政府推行無線電視數位化，撐到最後不得不跑一趟家電量販店購買可以接收地面電視訊號的數位電視時，看到山田電機店員正在填寫的傳票左上方印了黑底白字的「黑物」兩字，閒聊幾句：「英語用 white goods 泛指電氣製品，但還是有叫『黑色家電』的啊。」店員回說：「是啊，冰箱和洗衣機叫『白色家電』，電視等用『黑色家電』稱呼。您是我遇到第一個提起這事的客人啊」。

回家後查了很多辭典，在其中一本找到 black goods 的記載寫到「電氣製品裡指像電視這樣的物品」。為謹慎起見又查了 white goods 的說明，寫的是「（白色）大型家電如冰箱、洗衣機等」。

以前背單字的時候，把 white goods 和 brown goods 成對記憶。沒錯，指的就是「家具」，因為許多是木造的，而有「棕色」之稱。但北歐的家具不是白色的嗎？我覺得用顏色來區別製品本來就不那麼合適……

——「棕色鼻子」是馬屁精——

最後我想以 brown nose 做為色彩編的結尾。brown nose（棕色鼻子）是「使勁拍馬屁」、「諂媚」的意思。

說起「阿諛奉承」，很常用到的是 flatter 這個單字，但還有很多表現方式，其中最具代表性的是 apple-polish（擦亮蘋果），名詞形為 apple-polishing，而「拍馬屁者」為 apple-polisher，據說以前送顆擦得光亮的蘋果給學校老師是種討好的舉止，而有此說法。其他如 soft-soap（軟性肥皂）和 banana oil（香蕉油）也都是「奉承」、「討好」的意思。至於 butter up 是抹油以求事情進展順利，進而發展出「巴結」、「討好」的意思。

話說回來，本來是不想介紹 brown nose 這個表現的，但這麼一來就失去了出版本書的意義，幾經掙扎還是把它寫了出來。馬屁精的鼻子為什麼棕色的呢？這是為了討好對方，連鼻子都貼到對方屁股上，沾了對方的殘便才會變成棕色的。英語就是連這種污穢的表現也能借來張顯極欲討好對方的程度，果然是“別具風味”。

人名篇

Famous Names

──John Bull 誕生的秘話──

近來覺得人名實在是很不可思議的東西。在一長串名字當中，如果摻雜了像是長嶋茂雄（日本職棒巨人隊終身名譽教練）、村上春樹（作家）、池上彰（資深媒體人與學者）、中山伸彌（諾貝爾醫學獎得主）、吉永小百合（女演員）或是日本偶像團體AKB48成員柏木由紀的名字，就算只是一眼望過去也能讓視線聚焦。可見再平凡不過的菜市場名，也能因為那人活躍、受注目的程度而發揚光大（具有吸睛的效果）。

在美國也用人名當作機場或道路名稱，而且不只是專有名詞，還可根據附隨於此人姓名的特殊意義，當名詞或形容詞使用，偶爾也具動詞功能。

本篇首先登場的是 John Bull，是用來比喻「英國」的架空人物名稱，也指典型保守的英國佬。據說這個名稱是由諷刺文學作家 John Arbuthnot 博士創作出來的。他在 18 世紀初發行了一列系反戰文宣「The History of John Bull」，主張英國應該跟法國停戰。冊子裡沒有直接對國家指名道姓，而是擬人化方式來呈現，並為各國元首取了別名，讓社會大眾能親近了解內容。這些元首的別名除了本標題的 John Bull，還有荷蘭的 Nicholas Frog、西班牙菲利浦國王的 Lord Strutt，以及法國路易十四的 Lewis Baboon。其中 frog 當然是「青蛙」，

strutt 把最後一個 t 移除變成 strut 之後就是「趾高氣揚闊步行走」的意思，而路易十四的 baboon 是「狒狒」也是「蠢蛋」，就屬英國「約翰牛」這個名稱最中肯。

——山姆大叔是從 U.S. 而來——

相對於英國的 John Bull，美國的別名是 Uncle Sam「山姆大叔」。總統大選期間常見人們高舉從帽子、夾克到長褲整身星條旗圖樣的人物，即是象徵美國的架空人物 Uncle Sam，也指美國（政府）或美國佬。但山姆大叔又是如何成為美國象徵的呢？

據說 19 世紀初期在紐約有個叫 Samuel Wilson 的肉商，他的別名是 Uncle Sam。在英美戰爭期間（1812–1814 年），這位山姆大叔正好擔任批給美軍肉品的檢查官，經檢查的肉品桶子上會蓋上代表 United States 的 U.S. 縮寫。有人笑說這其實是 Uncle Sam 的縮寫，之後便成了美國政府的別名。

還有一個類似的傳說是，同樣在 19 世紀的時候，賣給美國海軍專用肉品的桶子上印有“E.A.U.S.”的字樣，是肉品業者 Elbert Anderson 與 United States 的縮寫。一天有個士兵對這個縮寫感到好奇，有人開玩笑的回他說「那是 Elbert Anderson' s Uncle Sam（艾伯特 ・ 安德生的山姆大叔）」。這個玩笑令許多人會心一笑，也讓山姆大叔成了美國對抗英國約翰牛的代名詞。

兩種說法的時空背景類似，都出自 19 世紀盛裝肉品桶子外圍的 U.S. 字樣，搞不好是異派同源。

——無名氏權兵衛的 John Doe 與 Jane Doe——

在日本溺死於河川或海裡（總之就是溺水而死）的人叫「土左衛門」，是源自江戶時代的相撲力士「成瀨川土左衛門」。這位力士的體型實在過於肥胖，以至有人看到溺水膨脹的死屍時，開玩笑地說看起來像土左衛門。之後便成了溺死者的代稱。

英語也有類似稱呼，身分不明的男性叫 John Doe、女性叫 Jane Doe，即日語的「無名氏權兵衛」。日本偶像團體 AKB48 成員高橋南單飛之後的第一首單曲＜ Jane Doe ＞（秋元康作詞 ・ 早川曉雄作曲），開頭便是「你是誰／快回答我」。連這種英語人名的意思都知道的秋元康果真學識淵博。

回到正題，John Doe 和 Jane Doe 也可做為訴訟程序中對不願具名或姓氏不明的「當事人」稱呼，被告則以 Richard Roe 稱呼。因此 John Doe 和 Jane Doe 也指「普通人」和「一般人」，例如 The result of the election is up to John Doe. 是「選舉結果取決於一般人投票情形」，亦即受到浮動票源影響的意思。

很多人叫 John 和 Jane，也是促使 John Doe 與 Jane Doe 成為「普通人」代稱的原因之一。在美國，John Q Public 也可用來指稱「普通人」和「一般市民」，該用法尤其常見於政界和大眾媒體，例如 This TV program is just for John Q Public.（該電視節目適合一般人收看）。john 用小寫表示時還有「廁所」的意思，要想上廁所的時候可以用 "I want to go to the john." 來表達。

──署名是 John Hancock──

美國的芝加哥（Chicago）有座高 457 公尺的 100 樓層建築叫約翰漢考克中心（John Hancock Center），是以第一個在《美國獨立宣言》署名的政治家 John Hancock 為名。這位美國家喻戶曉的人物為了方便英國國王喬治三世不用帶眼鏡也能看清他的簽名，特意把自己的署名寫得又粗又大。之後 John Hancock 一詞等同 signature，有「署名」、

「簽名」的意思，因此“Please put your John Hancock here on this document.”是「請在文件的這裡簽名」的意思。

——Dear John 是悲傷的分手信——

再來介紹一個跟 John 有關的表現叫 Dear John letter，是女性寄給戀人或丈夫的「分手信」。二次大戰裡美國電台節目有個為身在前線的戰士朗讀信件的時段，其中很多分手信是以“Dear John”開頭，在聽眾腦海裡留下深刻的印象，也成了「女性寫給男性的分手信」或「離婚通知」的意思。

1953 年美國有首鄉村歌曲叫＜ A Dear John Letter ＞（Billy Barton ／ Fuzzy Owen ／ Lewis Talley 作詞・作曲），由 Ferlin Husky 和 Jean Shepard 男女合唱。歌詞取自一位女性給前線士兵的分手信，破頭就是「Dear John（親愛的約翰），我很難過提筆寫這封信，但今晚我將和其他男性結婚」，後面還很厚臉皮地要求對方「能不能把我的照片還給我？我的丈夫想要」，並揭開令人愕然的事實是自己的結婚對象竟是“your brother”——實在是再殘酷不過的內容，但詞中只寫到 brother，沒有註明是哥哥還是弟弟，我想是哥哥吧。

這張唱片是在 1953 年 7 月發行，已是二戰結束（1945）後的八年，二戰之後開戰的朝鮮戰爭（1948 年）也剛好在這一年的 7 月結束（正確來說應該是處於停戰狀態，2018 年的現在仍是如此）。在如此動盪不安的年代裡，＜ A Dear John Letter ＞唱出了祖國與前線相隔兩地的情侶和家人的心聲，也讓這首歌大為流行。

其實這首歌還有另一首由原班人馬演唱的姊妹曲叫＜ Forgive Me, John ＞（Fuzzy Owen ／ Jean Shepard ／ Lewis Talley 作詞・作曲），在同年 9 月發行，即＜ A Dear John Letter ＞推出之後的兩個月。歌詞寫到「約翰，請原諒我，我果然不愛你的 brother，你才是我唯一的愛。我想以你的妻子，而非你的 sister-in-law（嫂嫂或弟媳）和你相會」——真是任性到無法無天啊。

我想，一定是因為前一首歌把在前線作戰的約翰寫得太可憐，受到猛烈抨擊才會出現這樣的姊妹曲，又或前一首歌影響了前線作戰的阿兵哥士氣，才會寫出這樣的歌詞來減緩前一首歌的“殘酷性”，但實情如何則不得而知。

──幸福的老伴 Darby and Joan──

John 的女性版稱呼是 Joan。一定要來介紹一下跟 Joan 有關的表現，Darby and Joan 是「琴瑟和鳴的老夫婦」、「幸福恩愛的老伴侶」。1735 年一位叫 Henry Woodfall 的詩人在英國雜誌《The Gentleman' s Magazine》發表的作品裡有這對老夫婦登場。

“Old Darby, with Joan by his side（老達比的身邊有 Joan 依偎在一旁）

You've often regarded with wonder.（經常引來驚訝的目光）

He's dropsical, she is sore-eyed（他身體浮腫而她的眼也脹痛）

Yet they're ever uneasy asunder.（但沒有什麼能把他們分開）”

其實 Woodfall 曾在 John Darby 和 Joan 夫婦兩人經營的印刷公司工作，被這對年到古稀還百般恩愛的夫婦所感動而寫下這首詩，自此 Darby and Joan 成了恩愛老夫妻的代名詞。

如果說 Darby and Joan 是老夫老妻的模範，那麼 Jack and Jill 就是「年輕情侶」的代名詞，出自美國 1937 年由 Oscar Hammerstein II

與 Jerome Kern 兩位史上最佳合作拍檔的音樂劇【The Folks Who Live on the Hill】。其中一節寫到：

“We' ll sit and look at the same old view,（我們將坐看相同景色）

Just we two,（就你和我）

Darby and Joan who used to be Jack and Jill（曾是傑克與吉爾的達比與喬安）”

各位看了應該也很感動吧。最後一句以兩組名字巧妙地帶出「現在恩愛的年邁夫婦，過去曾是年輕情侶」的時間感受，真不虧是專業的作詞家，也張顯英語歌詞創作的靈活性。

──Johnny 是來歷不明的人──

Johnny 是 John 的小名，有很多人叫這個名字，也許是這樣，Johnny 還有「來歷不名者」、「陌生人」和「無足輕重的人」的含意。有個名詞叫 Johnny-come-lately，是「新來的人」、「後來的人」，所以也指「最近開始（做什麼）的人」、「新加入者」和「新手」，但也包括「中途跨入他人已經開發的事業領域，精明獲取成功的人」的負面印象。先把負面意思擺一邊，要為自己辯解在某個領域不全然是新手的時候，可以用“I' m not exactly a Johnny-come-lately in this field.”來表達。

Johnny-on-the-spot 是「在必要的時候適時現身的人」、「可隨時應召幫忙的人」。讓我想起日本泡沫經濟時代的流行語「足君[01]」，指的是絕不可能成為某個女性的真命天子，卻甘心隨女性使喚，隨時準備用車接送的「跑腿男」。兩者意思一模一樣！不過 Johnny-on-the-spot 還有個正面含意是「做什麼事都很積極，好像早有準備的人」或是「機靈的人」的意思，例如 A policeman always has to be a Johnny-on-the-spot.（警察必須隨時待命為民服務）。

Jones 是個大姓（family name），所以 the Jones 指「一般家庭」，用複數形 the Joneses 表示的話就成了「附近社會地位與生活水準相當的鄰人」，所以 keep up with the Joneses 是「跟鄰人在生活水平上較勁」、「為追求流行，打腫臉充胖子」的意思。當你厭倦於跟鄰人比闊的生活，搬到其他城鎮後，可用“I moved to another town, because I got tired of keeping up with the Joneses.”來形容。

這個表現是出自於 Arthur R. Momand 在 1931 年刊登於報紙的漫畫連載標題“Keeping Up With the Joneses”。據說他本來是想以 the

---

01 アッシー君。

Smiths 為題，在考量前者唸起來比較順口的情況下改為 the Joneses。

——愛偷窺的 Tom——

Tom 也是個很普遍的名字，卻有 peeping Tom「窺視者」這個不光彩的稱呼，用老式一點的日語來說就是「出齒龜[02]」（出齒是暴牙的意思）。

11 世紀在英國有個叫考文垂（Coventry）的地方，領主廖夫瑞克（Leofric）伯爵對人民徵收重稅，讓百姓生活苦不堪言。伯爵的妻子戈黛娃（Godiva）夫人不忍民生疾苦，要求丈夫減輕稅賦時，伯爵回說：「如果妳願意裸身騎在白馬上繞市街走一圈，我就減稅。」妻子與城裡的居民約定好在她騎馬遊街的時候關閉家中大門與窗戶，便按照與伯爵的約定行事。不料裁縫店的湯姆（Tom）竟受不了誘惑，偷看戈黛娃夫人裸體遊街。據說湯姆後來因此賠上雙眼。之後因「性」趣引發偷窺欲的人就叫 peeping Tom。

順便一提，比利時巧克力 GODIVA Chocolatier 的名稱便是因為創業者銘感戈黛娃夫人的勇氣與慈愛精神以之為名。Godiva 的音譯雖然是「戈黛娃」，但由於比利時南部的共通語言是法語，GODIVA 的讀

---

02 出歯亀（でばかめ）。

音比較接近「歌蒂梵」，在日本也沿用此讀音[03]。

再介紹一個跟 Tom 有關的表現。由於 Dick 跟 Harry 也是菜市場名，所以 Tom, Dick and Harry 三人組是「普通人」的意思（相當於中文的「張三、李四、王五」）。evey Tom, Dick and Harry 是「每個人」，any Tom, Dick and Harry 是「任何人」，總的來說就是日語的「貓與杓子[04]」（←都是常見的東西，everyone 的意思），是很好用的片語。例如，They invited every Tom, Dick and Harry to the wedding party.（他們邀請每個人來參加婚宴派對），又或 Nowadays, every Tom, Dick and Harry goes to college.（現在大學生滿街跑）。需要特別注意的是，第二個例句的動詞不用 go，而是 goes 的原因是，主語為 every Tom, Dick and Harry，接在 every 之後的名詞被視為單數表現。

──英文版的「浦島太郎」──

「浦島太郎」是日本民間故事和童謠裡的人物。故事是這樣的，浦島太郎因為解救在海邊被孩童捉弄的海龜，而有了一遊海底龍宮的機會。他在那裡受到公主們熱情的款待，在飲酒高歌中度過非常愉快的時光。離開龍宮前，公主遞給他一個神秘寶盒並交待他千萬不可以打開。浦島太郎回到地上之後，發現除了自己，周遭一切都變了樣。就

03 GODIVA：ゴディバ。
04 猫も杓子も。

在他忍不住打開寶盒時，冒出一陣白煙，浦島太郎在瞬間變成白髮蒼蒼的老者。原來他在龍宮的那段時間，人間已過數十年。

在美國也有類似的故事。作家 Washington Irving 在 1819 年發表的短篇作品集《Sketch Book》裡，有個叫 Rip Van Winkle 的男子在其中一篇登場。這名男子娶了個凶悍愛嘮叨的老婆，常聞河東獅吼。有天 Rip Van Winkle 為了喘口氣來到山中散步，眼看天就要黑，正準備打道回府時忽然遇見一群小矮人，受邀一起飲酒作樂。Rip Van Winkle 最後不勝酒力睡著，隔日早晨醒來下山後發現街頭景象完全變了，原來他在山中足足睡了二十個年頭。

之後 Rip Van Winkle 被用來形容「不知人世變化，跟不上時代的人」，例如 He is a Rip Van Winkle（他是個落伍的人）。也可以用 "I felt like a Rip Van Winkle when I went back to our head office after 10 years overseas." 來形容自己歷經十年海外勤務，被調回總公司後「感覺像浦島太郎一樣」，對原本熟悉的環境感到陌生的心情。

—— Hobson 的選擇 ——

有個跟馬有關的古老片語叫 Hobson' s choice，來自 17 世紀初在英國劍橋有個以出租馬匹為生的男子叫 Thomas Hobson。他的租馬場就在大學附近，吸引許多學生前來租馬，生意好的不得了。Hobson 認為如果讓客人自己選馬，冷不妨會有幾匹馬老是沒人選，閒在馬廄裡嗑草，於是採取從離入口最近的馬依序出租的方式，確保所有的馬都有機會輪番上陣。這種「看似有很多選擇，卻不能依個人喜好挑選的狀態」被評為是 Hobson' s choice（哈布森的選擇），說穿了就是「別無選擇」，例如 I didn' t want to go to the New York office. It was a case of Hobson' s choice.（我並不想去紐約分公司，但也沒有選擇的餘地）。

Bob' s your uncle 也是個趣味十足的表現，跟 Hobson' s choice 一樣主要用在英國。話說 19 世紀時英國有個叫 Bob Cecil 的首相，命其外甥 Arthur Balfour 擔任愛爾蘭的長官。很多人對 Balfour 的能力感到質疑，認為他是沾親帶故才坐上這個位置。在一連串的批判聲中演變出“Bob' s your uncle.”（巴布是你叔）這樣的惡意攻擊，諷刺後面有人撐腰，所以「什麼都沒問題」、「一切都能搞定」。

但 Bob' s your uncle. 還有另一種用法。舉例來說，如果你在英國的街上迷路，問人回飯店的方式時，也許會聽到對方回答“Go straight on until you reach the park, take the first right, and Bob' s your uncle. You are there.”意思是「順著這條路直走會遇到公園，在第一個路口右轉。很簡單的，飯店就在那裡」。這裡的巴布叔沒有諷刺的意思，真要換句話說的話，就是“ It' s easy.”。

——正宗麥考伊 Real McCoy——

McCoy（麥考伊）是個姓氏，那麼 the real McCoy（正宗麥考伊）又是指什麼？關於這個片語的來源，眾說紛紜，以下介紹其中幾種說法。

以前美國有個叫 Kid McCoy 的拳擊手，很多選手嚮往他的實力與人氣而把自己的綽號取為 McCoy，漸漸地觀眾再也搞不清楚哪個才是真的 Kid McCoy，因而用 the real McCoy 的稱呼來加以區別。

另有一說是，Kid McCoy 有天在酒吧裡被一個醉漢纏上，旁人試圖阻止醉漢「對方可是拳王 Kid McCoy」，但醉漢不相信還變本加厲口出狂言，忍無可忍的 McCoy 只好一拳 KO 對方。醉漢醒來後對旁人說 "You are right, that' s the real McCoy."（你說的對，那人是如假包換的麥考伊）。

還有一說是來自 19 世紀一度在蘇格蘭擁有強大勢力的 Clan Mackay 家族。當時這個家族分成兩個派系，雙方為了主張自己才是 the real Mackay 經常起紛爭，後來 Lord Reay 帶領其中一支成為正宗接班人（the Reay Mackay），進而演變成 the real McCoy 的說法。

這麼多種說法雖然沒個定論，但不論對象是人是物，在多數中屬「貨真價實的」、「正牌的」都可叫 the real McCoy。推薦他人在某家餐廳能品味到美味的道地法式料理時，也可用“In this restaurant, they serve delicious French cuisine, the real McCoy.”來表達。

── Boycott 是被杯葛的人 ──

19 世紀後半愛爾蘭的土地多為英國人所屬，而且那些地主一般不住在當地，卻對農民強徵地租，導致農民生活貧困。就在這個時候，有個叫 Charles Boycott 的陸軍退役上尉來到愛爾蘭的某地擔任土地管理員，代替地主收租和管理田地與農場。

那一年剛好遇到歹年冬，農民要求降低租金，但 Boycott 不加理會，還把付不起地租的小農趕出家園，沒收他們的土地。農民因而團結起來，發動有組織的排斥運動，除了全民罷工外還拒絕與 Boycott 有任何接觸。在商店買不到東西，又遇盜賊橫掃家裡農作物儲倉，面臨斷糧危機的 Boycott 還收到一封預告自己將死於槍下的黑函，只好死命逃回英國。

事後 Boycott 對英國《時代》（The Times）報社的記者訴說在愛爾

蘭發生的一連串事件，經報導後受到眾人注目。他的名字因而成了「聯合抵制」與「拒買運動」的代名詞（boycott），也可當動詞使用。在勞工運動中總能發揮效果的罷工戰術也讓 Boycott 的名字遺臭萬年。

——林奇上尉的「私刑」——

lynch 是「以私刑處死」，亦即未經國家法律程序，直接依個人或私人團體的判斷對人處以死刑，尤指絞首。注意，當名詞使用時要寫成 lynching。此外，日語的外來語「林奇[05]」也是借用 lynch 的發音轉成片假名使用，但定義和英語本身有所出入，單指私下的暴力行為。

英語的 lynch 出自 Lynch（林奇）這個人名，關於故事背景卻有不同的說法。一是來自 18 世紀後半在美國維吉尼亞州組織民兵部隊的 William Lynch（威廉 · 林奇）中尉。此人常就簡單的裁判儀式，在未經正當的法律程序下對人施加刑罰，而有 Lynch law（林奇法）之稱。

舉例林奇法判處絞刑的做法。一位受刑的男子在綑綁雙手、嘴裏塞著布的情況下被扶坐馬背上，其他人接著把套在男子頸部繩索的另一端綁在頂上的樹枝，之後林奇和同夥便離開，留下坐在馬背上的男子。一旦馬偏離原來的定點，男子就會呈懸空的狀態，等林奇一行人回來

05　リンチ：單指私下的暴力制裁行為，跟英語 lynch 的含義稍有不同。

的時候，男子早成了吊死鬼。這時再由手下的人把死者手上的繩套解開，並取出口中的布，製造死者是自行上吊的假象。一旦聯邦政府所屬犯罪搜查機關疑質他們動用私刑的時候，就能佯裝不知情，辯稱「我們離開時那人還好好的，誰知道他為什麼要自殺呀」。

另一說是從 18 世紀愛爾蘭一個叫 James Lynch Fitz Stephen 的人而來。這位 Lynch 不但是 Galway 地方的市長也身兼法官，為人公正無私，甚至對親生兒子犯下的殺人棄屍罪，做出死刑的判決。即使旁人一再勸他改判其他罪刑，他還是依法伸張正義，親手把繩子套在兒子的脖子上，吊死於自家窗前。

還有一說是來自維吉尼亞州一個叫 Charles Lynch 的警長，此人雖然未曾親手斷送他人性命，卻常以小事為藉口把很多人送進監獄。

——催眠療法的先驅——

約是四十年前，日本前職棒選手江川卓“強行”加入讀賣巨人隊一事，引起了社會騷動。江川在媒體前擺一張臭臉，要大家「不用這麼激動好嗎」的發言也讓「江川魯[06]」一詞在當年紅遍日本大街小巷，意指「沒有考慮到會帶給他人困擾而強行按照個人意願行事」。

06 江川る。

英語也有像前述例子一樣，把人名做簡單變化之後當動詞使用的，譬如 mesmerize 這個有點難度的單字。mesmerize 是「對……催眠」、「迷惑」的意思，來自 18 世紀有催眠療法先驅者之稱的德國醫生 Franz Anton Mesmer（日本人叫他「梅斯美路」或「梅斯麥」[07]）。

梅斯麥認為宇宙裡充滿看不見的磁氣與電氣，會影響人的神經和精神。當磁氣無法在人體內正常流動的時候，人就會生病。他所採取的治療方法是用手指碰觸患部以改善磁氣的流動。

之後又發展出一套獨家療法，把患者集中在一室，舉行神秘儀式。他在昏暗的房間裡播放安靜的音樂，讓患者處於放鬆的狀態，又以快速而嚴厲的口吻對患者的不安與痛苦提出質疑，據說經常引起患者在療程中昏倒或是精神病發作。但還是有許多人慕名求助於梅斯麥，讓他獲得一定的社會地位，卻終其一生不被同業和其他學者所認同。然而這位開啟精神醫學之門的催眠療法先驅者還是在後來影響了 20 世紀最偉大的心理學家之一，西格蒙德 ‧ 佛洛伊德（Sigmund Freud）。

Freudian slip 一詞便是來自佛洛伊德（Freud）。Freudian 是形容詞，指「佛洛伊德的」、「佛洛伊德學說的」，slip 是「說溜嘴」、「不經意說出」，合在一起就成了「佛洛伊德式失言」，即無意中洩漏真實想法。

07　「メスメル」或「メスマー」。

人是充滿欲望的動物，在社會規範、不想違背父母的意思，或是為了帶給別人方便的情況下，一般會把反叛的情緒內化深鎖在無意識中，卻又無法達到全面控制的情況，以致受到壓抑的想法在無意間流露出來。佛洛伊德認為，當壓抑的情緒過於強烈的時候，會造成人的精神障礙。也許很多人都聽過一則關於佛洛伊德親身體驗的趣聞是，某個會議上司儀一開場就把會議「開始」講成「結束」，發現自己說錯話後又立即改口圓場。佛洛伊德對這個現象感到好奇，在會議結束之後問司儀為什麼說錯話，對方的回答（因為想要早點回家）讓佛洛德開始思考「口誤其實是潛藏在無意識中的內心深層反映」，即 Freudian slip。

到目前為止，介紹了幾個人名的意思與含意，但其他還有很多來自聖經、歷史和虛擬人物名字的英語表現。這些都潛藏在英美文化之中，有的可能需要融入當地生活才能理解，但也希望能藉此讓各位讀者知道英語充滿生動趣味的一面。

地名篇

Famous Places

──土耳其與火雞──

以前在學校學到 japan 是「黑亮漆」的時候有點驚訝，據說是戰國時代來到日本的西洋人把日本特有的「漆」和「漆器」稱為 japan。也有說法是因為西洋人把漆器表面撒上金、銀、錫粉做成圖案的「蒔繪」帶回歐洲之後，變成基督教祭祀用的道具才有了 japan 的說法。就像「陶瓷器」的 china 也是從中國輸出到伊斯蘭圈和歐洲，才有 china 這個說法的。

跟 japan 和 china 一樣既是地名又能代表其他東西的，還有 Turkey「土耳其」與 turkey「火雞」。自從移民美洲大陸的清教徒宰殺廣泛棲息於北美的火雞，慶祝第一個感恩節之後，火雞大餐成了每年感恩節桌上不可或缺的佳餚。

感覺美國跟土耳其相隔如此遙遠，turkey（火雞）和 Turkey（土耳其）的稱呼應該純屬偶然。經多方查證之後，原來兩者大有關係。在北非還是鄂圖曼土耳其帝國統治的時代裡，棲息在非洲的珠雞經由土耳其商人之手，從現在是利比亞首都的的黎波里（Tripoli）出口到歐洲，之後歐洲人把珠雞稱為 turkey。來到北美的歐洲人分不清珠雞與火雞的不同，便把火雞冠上 turkey 的名稱。

——炸薯條和 french fries——

把吐司浸泡在用蛋和牛奶打成的蛋汁裡，再用平底鍋煎成金黃色，就成了 French toast「法式土司」。早在 4、5 世紀的歐洲就有類似食物的記載，之後主要藉由從法國遷居到北美的移民創意，在其中加入各種變化，使法式土司成為可口的食物。

另一個用到 French 這個字的美國食物是 French fries「炸薯條」，但日本人自創英語把它叫做「fried potato」。大部分的美國人對 French fries 的理解是“法式”薯條，在 2003 年伊拉克戰爭期間，有些美國餐廳不滿法國對美國的批評，而把 French fries 改為“Freedom” fries，以示抗議。

其實 French fries 的 French 跟法國（France）沒有關係，而是來自烹飪用語的 French-cut，「切成細長條」、「切成絲」的意思。所以 French fries 是把馬鈴薯切成條狀再放入油炸的意思。有次我對一個美國朋友提起這件事，讓他非常震驚，據他形容這個新發現「足以顛覆六十多年來的人生觀」。

——披頭四的「挪威家具」——

在國名與該國人民、語言的稱呼上顯得有趣的是「挪威」的Norway。挪威的正式名稱為 the Kingdom of Norway「挪威王國」，而「挪威的」、「挪威人（的）」和「挪威語（的）」是 Norwegian，中間有個 g，用片假名來標註其英語發音就成了「挪魯威醬[01]」。

這讓我想起了披頭四的＜ Norwegian Wood ＞（John Lennon ／ Paul McCartney 作詞 ‧ 作曲），日語翻成「挪威的森林」，村上春樹的同名小說也是以這首曲子作為開頭與結束。

但很多人應該都知道這首曲子的日語標題正確應該翻成「挪威的家具」，如果是「森林」的話要用 woods 才對。

對於＜ Norwegian Wood ＞的歌詞解釋也存在不同看法，在超級歌迷之間形成永遠的謎。其中一派的解釋是這樣的，貧困的英國勞動階級住的公寓室內多是用便宜的挪威木材裝潢而成，擺的也是挪威產的簡陋家具，這首歌的歌詞就是描寫住在這種房間的貧窮戀人。

歌詞歸歌詞，我想的是，如果當初日語標題翻成「挪威的家具」，或許就不會誕生《挪威的森林》這本名著了。

---

01 ノルウェイジャン。

——Tokyoite 是「東京人」——

紐約客叫 New Yorker、倫敦人叫 Londoner，羅馬人卻不比照相同作法在地名後面加個 -er 了事，他們叫 Roman。巴黎人也不叫 Pariser，而是 Parisian。後面兩組是屬於在地名後面加 -an 或 -ian 的情況。

但還有一種是以 -ite 結尾的，像東京人、東京都民就屬這一派，叫 Tokyoite，發音是／ tóukioàit/。其他還有「京都人」Kyotoite、「莫斯科人」Muscovite（也指俄羅斯人）、「雪黎人」Sydneyite，以及「溫哥華人」Vancouverite 等。

——當上海成為動詞的時候——

Shanghai 是位在中國東部長江河口附近的港灣都市「上海」，當第一個 s 小寫變成 shanghai 的時候，竟然可以當動詞使用，是「誘拐上船」的意思，但現在知道這層意思的人已經很少了。

19 世紀時歐美的船隻為了募集船員，組織了「強行招募隊」，他們利用巧妙的手法拐騙年輕人上船，只要在港灣附近的街上看到強壯似乎能適應海上生活的年輕人，就會接近對方，一起喝酒、吸食毒品，再趁對方失去意識的時候把他抬上船。

當年輕人醒來，吶喊「放我回去」的時候，船早已出港來到海上。前往上海的船尤其盛行用這種手法招集水手，shanghai 也成了動詞「拐騙」、「綁架」的意思，跟 kidnap 是同意。順便一提，shanghai 的過去式和過去分詞都是加 -ed，變成 shanghaied。

shanghai 這個字畢竟有損已經成為代表中國近代發展都市的上海形象，讀者在使用時最好低調一點。之所以在這裡做介紹，主要是基於保護瀕臨死語的心態。

──運媒礦到 Newcastle──

set the Thames on fire（在泰晤士河點火）是「成就卓越」、「做出驚人之舉」的意思（常用於否定句），例如 Her performance didn' t set the Thames on fire, but the audience enjoyed it.（她的表演雖然稱不上很傑出，但觀眾還是樂在其中）。set the Thames on fire 主要用在英國，在美國則把範圍擴大到全球，以 set the world on fire 來表達。

接下來要介紹的也是流行於英國的諺語叫 carry coals to Newcastle。Newcastle（紐加塞爾）位在英國北部，本身就是產媒的地方，「運媒礦到紐加塞爾」就成了大費周章的「多此一舉」。

我也有過類似的經驗。學生時代的朋友在長野縣種植葡萄，每年晚夏到入秋之際總會跟對方訂購好吃的葡萄。有一次為了感謝在工作上幫了很多忙的人，致電請長野縣的友人直接寄一箱葡萄給那人，後來才想到那人是日本知名葡萄產地山梨縣勝沼（Katsunuma）出身。簡值就是 carry coals to Newcastle（多此一舉），不，應該說是 send grapes to Katsunuma，實在是很不好意思。

carry coals to Newcastle 還有「班門弄斧」的意思，例如 Telling a doctor how to cure a cold is like carrying coals to Newcastle.（指導醫生如何治好感冒，簡直就像在關公面前耍大刀）。

Coventry（考文垂）是位在英國中部的城市，想必已有讀者眼尖地發現這兒正是＜人名篇＞裡愛偷窺的 Tom（peeping Tom）登場的地方。send a person to Coventry（把某人送到考文垂）是「拒絕與某人往來」、「把人排除在團體交流之外」的意思。過去考文垂的居民非常討厭軍人，一般市民與駐紮在此的軍隊完全不相往來，把軍人送到這個城市就成了「與人斷絕交流」的意思。

關於這個片語，還有個說法是源自 17 世紀英國內戰時，擁護英王查理一世的保王黨處於失控的狀態，議會派於是把保王黨軍隊的俘虜送到考文垂的史實。考文垂是反對英王勢力的據點，保王黨員在這裡非常不受歡迎，也難以跟當地居民有所交流。

——眼見為憑的密蘇里州——

把地點從英國移到美國，from Missouri（從密蘇里來的）是「多疑的」、「有證為憑才會採信」的意思。打個比方，如果有個朋友很自豪地說“I got a perfect score on the math test.”（我數學測驗拿到滿分），而你不相信他所說的，就可用“Come on, I' m from Missouri.”（別開笑了，我是從密蘇里來的）來表達除非對方拿出證明，否則才不相信的意思。

from Missouri 的表現，據說是從密蘇里州眾議員 Willard Vandiver 在 1899 年發表的演說而來——“I come from a state that raises corn and cotton and cockleburs and Democrats, and frothy eloquence neither convinces nor satisfies me. I am from Missouri. You have got to show me.”（我來自栽培玉米、棉花、蒼耳與民主黨員的州，口頭的雄辯既無法說動也不能滿足我。我是密蘇里州選出來的，你得拿出

證據來說服我）。

也就是說，密蘇里州多是腳踏實地的農業生產者，非常務實。除非拿出具體的東西，否則一切都被視為不切實際的空談。 這段演說也讓密蘇里州有了「索證之州」（The Show Me State）的暱稱。

——對荷蘭人的惡語中傷——

Holland 和 the Netherlands 都是指「荷蘭」，後者來自荷蘭語 Nederland，低窪地的意思，北海沿岸的低窪地帶也就成了這個國家的名稱。日本作家司馬遼太郎在《荷蘭紀行》（朝日文庫發行）一書裡，對 Netherlands 的 nether 一字著墨甚多，節錄如下：

「如果是單純指低的地方，還可用其他方式來表達，卻用了 nether（荷蘭語的 neder）這個字。在翻書探索語感之餘，覺得一個國家的名稱怎麼會用如此帶有貶意的字眼。英語辭典對 nether 的解釋為『深入地下的地獄』、『冥界』，但荷蘭人對 the Netherlands 的稱呼卻完全不在意。」

另一個稱呼 Holland 則是來自荷蘭國內的「荷蘭州」，該地區在荷蘭對外戰爭的時代裡扮演了重要的角色，進而成為代表全國的俗稱。

代表「荷蘭的」、「荷蘭人（的）」、「荷蘭語（的）」的 Dutch，很常出現在英語表現中，首先想到的有 Dutch treat「各付各的聚餐或娛樂活動」，go Dutch 是「平攤費用」。還有「荷蘭式拍賣」Dutch auction，指不同於一般加碼競價的拍價方式，而是由上往下喊價直到有人願意購買。這種方式感覺還真小家子氣，但這也是沒辦法的事，因為 Dutch generosity（荷蘭人的寬容）是「小氣」的意思。

Dutch 也常用在跟飲酒有關的表現，Dutch headache（荷蘭人的頭痛）是 hangover「宿醉」，Dutch concert（荷蘭人的演奏會）是「醉漢引起的大騷動」，Dutch courage（荷蘭人的勇氣）是「酒後之勇」，Dutch bargain（荷蘭式交易）是「酒席上成交的買賣」，暗指只有一方會得利，因為被灌倒的只能任人擺布。

從這裡又衍生出 Dutch roll 的表現，是「飛機上下搖晃飛行」的意思。1985 年日本航空發生墜機事故，在飛機墜落前證實曾發生 Dutch roll 的現象，也讓這個航空用語在日本廣傳開來。該片語是從荷蘭士兵列隊前進時，因為所有人都喝醉，整個隊伍走起來左右搖晃而來。

此外，Dutch 背後還有「欺騙」、「馬馬虎虎」、「沒教養」的意思，例如 Dutch gold 又叫 Dutch metal，是用銅跟鋅的合金做成的「仿冒金箔」。Dutch leave（荷蘭式告辭）是「不告而別」或是「（借錢不還）落跑」，也可用法國人的 French leave 來稱呼，據說是來自 18 世紀在法國有客人不跟主人道別就自行回家的習慣。也許荷蘭人也有相同情形才會被冠上 Dutch leave 的說詞。

另有 If..., I am a Dutchman.（如果⋯⋯的話，我就是荷蘭人）的表現。If 後面接的是「不可能為真」的陳述，例如 "If this fish is fresh, I am a Dutchman." 是主張「這魚一定不新鮮」。實在是有點過分的形容，不由得同情起荷蘭人來了。再看到 Dutch uncle（荷蘭大叔）這個詞時，更是替荷蘭人抱不平（不用說成這樣吧）。talk to a person like a Dutch uncle（像個荷蘭大叔一樣對人說話）是「嚴厲斥責」、「教訓」的意思。一般來說，歐吉桑不會多事到連自家兄弟姐妹的小孩也劃入自己的管教範圍，但荷蘭人似乎沒這層分隔，連親戚的小孩也會成為說教的對象。

以前在日本也有這種愛說教，讓鄰居小孩畏為凶神惡煞的 Dutch uncle。他們絕對是這個世界上，也是人的一生裡不可或缺的存在。

——英國的敵對意識——

最後再介紹一個跟 Dutch 有關的表現，Double Dutch（荷蘭雙人組）是由兩人持兩條長繩快速交叉轉動的花式跳繩。但如果把第一個字改成小寫，用 double Dutch 來表示的話，就成了「莫名其妙的話」、「令人難以理解的談話內容」，例如 His speech was double Dutch to me.（他的演講對我來說就像鴨子聽雷——有聽沒有懂）。

想必很多人也知道另一個同為「鴨子聽雷」的英語表現 Greek。這個字本來是「希臘語（的）」、「希臘的」、「希臘人（的）」意思，也可指「完全無法理解的事」，據說是出自莎翁戲劇【凱撒大帝】裡“It was Greek to me”（如聞天書）的台詞，其背景來自希臘語在當時是受過一定程度教育的人才懂的語言。

到目前為止介紹了不少中傷荷蘭人的英語表現，但荷蘭人真有那麼糟嗎？其實荷蘭與英格蘭在 17 世紀後半到 18 世紀之間共發生 4 次戰爭，這兩個國家是仇人相見，分外眼紅。所以我們得退一步想才能究明這些英語表現所謂何來。

17 世紀英國與荷蘭相互爭奪極東霸權，繼英國東印度公司在 1600 年成立兩年後，荷蘭東印度公司也隨之誕生。荷蘭更長征日本，接受日本幕府的禁教令，以不在國內傳教做為換取貿易機會的條件，並藉機把葡萄牙和西班牙人趕出去，成為鎖國時代裡唯一獲准在長崎的出島與日本交易的歐洲列強國家。英國東印度公司後來也只能放棄東亞以及東南亞的貿易機會，專心經營印度。

許多跟 Dutch 有關的負面表現也許是出自於英國對荷蘭的千仇萬恨與敵對意識。此外，荷蘭人的足跡深入世界各地，用荷蘭人來做比喻也容易理解。

荷蘭其實是個“開放”的國家，他們擁抱在其他國家受到自由限制與思想迫害的人，並以彈性思考對應各方需求，首都阿姆斯特丹的紅燈區裡，教會一旁就是撩人的櫥窗風景，荷蘭政府並認可合法吸食大麻與同性結婚。

荷蘭人肯定有寬大以對、兼容並蓄的特質，就某種程度而言，跟是非善惡分明的日本人是對立的。說來荷蘭人也有很多種，不能以偏概全，但一般來說荷蘭人應該態度坦蕩，不來人前人後這一套。從這麼多跟 Dutch 有關的英語表現裡，我也看到剛烈的荷蘭人充滿獨立與冒險精神的一面。

數字篇

Number Phrases

——「零」與「無」——

你知道 zero「零」也能當動詞使用嗎？ zero in 是慣用語「對準槍口」、「瞄準目標」的意思，zero in on是「對準」、「集中精力於……」，跟 concentrate on、center on 是同義，例如 My son zeroed in on the new computer game.（我兒全神貫注在新電腦遊戲裡）。另有一個叫 zero out 的俚語，除了「廢除」、「淘汰」之外，也有因採取節稅措施等讓「應付稅金變成零」的意思。

網球比分的「零分」叫 love，相信很多人都知道這個用詞是來自法語。網球發源於法國，由於 0 這個數字看起來像顆蛋，便以 l'œuf（蛋）來稱呼，聽起來像love。等到這項運動傳入英國的時候，就以love稱呼。

egg（蛋）也能代表「零」，知道這個用法的也許就沒那麼多了。lay an egg 是「下蛋」，橢圓形的蛋讓人產生「產出為『零』」的聯想，而有「完全搞砸」的意思，之後也用來形容「票房一敗塗地」或表演過程中「一片冷場」的情形。

「無」這個字除了 nothing，也可用 nil 來表達，例如工會團體履次要求資方加薪卻沒有得到任何回應時，就可用 nil return（零回應）來形容。在體育競賽裡，以棒球來說「巨人隊以 3 比 0 獲勝」的話，也可用“The Giants won the game three to nil.”來表達。

——雙重「無效」——

另一個跟零有關的單字，null 是「（化為）零」、「（使為）無」的意思。在法律用詞與合約書裡經常出現 null and void，是「無法律約束力的」意思。null 跟 void 都是指「無效的」，重複使用是為了突顯法律用語的嚴謹性。

一般認為這種情況是出於中世的歐洲戰火頻繁，在占領與被侵占之間，為了追求高度的嚴密性，法律用語必須將不同語言的同義字納進來，兼顧上流社會與庶民的用語，確保每個人都能理解其意。舉例 lands and tenements（所有地）是由英語和古法語組成，will and testament（遺囑）是英語和拉丁語，而 null and void 都源自拉丁語，但 null 最初指「零」，void 則偏向「空」的意思。

順帶一提，「有效的」是 valid，但還有個簡單到不行的說法是 good，就像日常對話裡常聽到“This ticket is good.”是「這張票是有效的」意思。我到現在還記得有一次去參觀美國大峽谷（Grand Canyon）國家公園，在入口付費買票時，管理員從售票口遞出門票，對我說“This ticket is good for three days.”（這張票有效期間是 3 天）。原來就算不用 valid 這種高級的單字也能通。

——ground zero 的記憶——

ground zero 原來指「（事物的）起點」、「出發點」，之後用來指美國在日本長崎與廣島投下原子彈時的彈爆中心點，更於 2001 年 9 月 11 日美國發生恐怖攻擊事件後，成了「紐約世貿中心遺址」的代名詞。

我只上過一次紐約世貿中心的頂樓。開放參觀者使用的電梯從上午 10 點開始運行，我跟朋友提前在 9 點抵達，但已排了數十公尺的長龍。嚴格的金屬探測與包包檢查拖延了進場時間，即使過了 10 點，隊伍仍然沒有前進的跡象，又過了半個多小時才搭上電梯直奔頂樓。我們在觀景台兼咖啡廳的室內坐下來喝咖啡時，朋友說：「曼哈頓應該沒有地震，才能築起如此摩天大樓。」我想起光是排隊等電梯就要花那麼多時間，很難想像意外發生時那麼多人在同一時間擠向電梯的情形，便回他說：「如果發生火災，真不知道要如何逃難」。說完忍不住觀望逃生梯究竟在何處，卻遍尋不著。只好安慰自己，這種大樓應該有煙霧偵測與自動灑水裝置，並有阻隔設計，能把災害控制在單一樓層，不致釀成整棟延燒的慘劇，「對，一定是這樣的」。

我有懼高症，在朋友堅持下只好勉強上到屋頂參觀，不但面積比想像中的小很多，護欄也很低，不像日本是用 3 公尺以上的安全網圍起，就算站在遠離護欄的正中央，還是嚇得動彈不得。

2001 年 9 月 11 日那天，早早就下班的我打開電視正好看到飛機衝撞冒煙中的世貿中心實況轉播。想到自己曾在那裡喝咖啡、俯瞰紐約市，突然一陣恐懼湧上心頭。發生時間雖然是在開放遊客參觀前的上午，但應該有很多人已經在上班，他們該是走樓梯下來的吧。

就在此時，大樓突然開始崩塌。我一直想像這麼雄偉的建築只能毀於地震或火災，不料竟是以這種形式消失在眾人面前。還有什麼比這更令人意想不到的？

——零和的社會——

跟零有關的，還有個表現叫zero-sum game「零和賽局」。零和是指，在一群人盡力爭取得點的情況下，所有人的得點與失分加總起來經常為 0 的狀況。也就是說，當其中一人得到一分，必有一人失去一分。

美國經濟學者萊斯特・瑟羅（Lester C. Thurow）在 1981 年的暢銷著作《零和社會》（The Zero-Sum Society）裡提出了新的經濟理論。18 世紀末，英國哲學家兼經濟學家傑瑞米・邊沁（Jeremy Bentham）基於追求「最大幸福」的功利主義，主張「個人的生活目標在於追求幸福，而社會是由個人構成的團體，所以社會整體的幸福是以『最大多數人的最大幸福』（the greatest happiness of the greatest number）來衡量」。另有自由放任主義（laissez-faire）學者主張「政府不應干涉商人自由貿易」，現代經濟學之父亞當 ・ 史密斯（Adam Smith）在其代表作《國富論》（The Wealth of Nations）指稱自由市場運作機制是一隻「看不見的手」，如果人人都能在自由競爭之下追求利益，將能促進社會整體的繁榮。

然而在經濟高度發展、社會複雜化的現在，有越來越多的人無法享受到利益，形成一部分人得到利益的同時，也有一部分人得為此付出損失的代價，即 zero-sum society「零和社會」形態。當「一方得益，造成另一方對應損失」的情況多到不可數的時候，就成了現代社會問題發生的主因，也成了綁架政治家理想的元凶。因為如果要從根本解決問題，就得採行大膽的政策，這麼一來肯定會犧牲一部分人的利益而遭到反對，結果只能改提折衷的穩健政策。從環境問題、反核、亞太區多邊自由貿易協議 TPP（Trans-Pacific Partnership Agreement，跨太平洋夥伴協定）來看，這種傾向在進入 21 世紀的現在將更形顯著。

zero to hero（從無名小卒變成英雄）是「落於人後者突然成功」、「突然人氣爆衝」的意思。反之，也可用 from hero to zero 來指「一下子從英雄變成普通人」或是「生活品質頓時從天堂掉到地獄」，例如 In just one week he went from hero to zero.（不過是一個星期的時間，他就從英雄變成凡夫俗子）。

── number one 和 number two ──

任誰都知道 number one 是指「第一」，但我最近剛學到嬰兒用語裡有個 number one 和 number two，各是「小便」的 pee ／ wee-wee，和「大便」的 poo。我纏著一個美國人問為什麼要用數字來表示，又為什麼是 1 跟 2 ？他先回說「沒有明確的根據」，過了一會兒又進一步說明自己的想法。

他說，可能就像日本的小孩吵著要上廁所的時候，媽媽也會問「是大號還小號？」。日本女性總是避免在他人面前提起「大小便」，尤其是年輕的媽媽。在美國也是如此，為方便起見就改用 number one（一號／小號）、number two（二號／大號）來委婉稱呼。

──藍波是第一滴血──

演出越戰退役軍人「藍波」這個角色，奠定了席維斯．史特龍（Sylvester Stallone）成為動作巨星的基礎。藍波系列電影在日本上映時是以主角名稱為題，可能是為了讓人把「Rambo [01]」跟粗暴的「rannbou [02]」做一聯想吧。因為這樣，我一直以為這部電影的英語片

01　主角的英文名字，同時也是日本版的電影標題「ランボー」。

02　乱暴。

名應該也叫【Rambo】，沒想到竟是【First Blood】（第一滴血，台灣片名也用此稱呼）。

first blood 原指拳擊等搏鬥賽中的「第一滴血」，比喻「影響勝負的第一擊」、「先發制人」和「搶先」的意思。

由於「藍波」在日本也很賣座，美國製片公司後續推出的系列作品也以「藍波」為名，包括【Rambo: First Blood Part II】（日本片名：藍波／憤怒的逃脫）和【Rambo III】（同：藍波／憤怒的阿富汗），第四集【Rambo】則與 1982 年在日本公開的第一集同名，但日本取名為「藍波／最後的戰場」。

── 2+2=4 跟 2+2=5 ──

two times 是「2 次」也作「2 倍」，而 two-time 還能當動詞用，是「欺瞞配偶或男女朋友」，也就是「劈腿」，例如 Her husband was two-timing her.（她的丈夫背著她在外面偷情）。

數字是拿來計算用的，「2 加 2 等於 4」用英語表達是 two and two make four，但也有另一層含意是「根據事實或證據做出必然如此的判斷與結論」。

類似的還有 put two and two together（2 加上 2），是「根據不同證據與資訊做出正確結論」、「根據所見所聞加以判斷」的意思，例如 She put two and two together and realized that he was lying.（她從各種跡象了解到他在說謊）。

put two and two together and make five 也是個計算式，但錯把 2 加 2 算成 5，是用來比喻「根據資訊做出錯誤結論」。例如：My husband got transferred to New York, and my neighbors thought we'd divorced. I guess they put two and two together and make five.（我丈夫因工作關係調去紐約，我猜鄰居們就是因為這樣才會以為我們離婚了）。

之前在＜人體篇＞也曾介紹過「對日本人來說，最常聽到跟 hand 有關的外來語也許是 secondhand（二手的）」，但也不能忘了最近在日本也很流行的 second best 這個片語，是「居第二位的」、「僅次於最好的」意思。second-best solution 是「次佳的解決方案」，但要注意 second-best 也有「二流的」、「稍顯得次等」的意思，必須根據前後文加以判斷。

second thought(s)（第二個想法）是「改變想法」的意思，I' m

having second thoughts about marriage. 是「我對結婚感到迷惘」或是「對於結婚有了不同的看法」。on second thought 是「進一步考慮之後的結果」，例如 I was going to make dinner, but on second thought, I ordered pizza.（我本來打算做晚飯的，但想想之後改叫披薩來吃）。

這幾年在日本也越來越常聽到 second opinion（第二個意見），是「在同一家醫院接受其他醫師診斷，聽取第三方意見」的意思。

稍微做個變化，還有 second sight 的說法，是「透視力」、「先見之明」和「千里眼」的意思，例如 She has second sight. 可解釋成「她有預知未來的能力」或是「她有千里眼」。

——三賢者——

讀者可知道 the Three Wise Men 一詞？這對基督徒來說是再熟悉不過的，指的是在耶穌誕生時追隨夜裡閃礫的伯利恆之星，遠從東方來到耶路撒冷尋找猶太人之王的「三賢者」，他們在馬槽裡拜見剛出生的耶穌並獻上祝福。

有的聖經版本也把 the Three Wise Men 翻成「三智者」、「三博士」

或是「三位星象家」，英譯版裡還有 the Three Kings「三國王」的稱呼。歐美國家把每年 1 月 6 日——即聖誕節過後第 12 天——三位國王（賢者）前來朝拜耶穌的這一天稱為 Three Kings Day（三王來朝日），正式稱呼為 Epiphany「主顯節」，源自希臘語 epiphainō，有「顯現」的意思。在日本又叫「顯現日」或「公現日」，前者取意「天主以人的姿態顯現之日」，而其存在又經由三賢者公開於世，因此又叫「公現日」。

日本百貨在聖誕節過後會立即撤除聖誕樹，改為迎春的門松。歐美則保留聖誕樹裝飾直到 1 月 6 日的 Three Kings Day，從年前跨到這一天都算聖誕假期。

the Three Wise Men 雖是聖經裡的古老記載，在現代新聞裡也常用來比喻由三巨頭所掌控的國政或政黨所形成的「三頭馬車體制」（troika）裡的主要人物，唯這三人被稱為“Three Wise Men”時，通常是用來反諷“智者”搞出讓人民不解的連番失策。

——日本的「三猿」是從外國引進的——

the three wise monkeys 是指日本用來象徵「非禮勿視、非禮勿聽、非禮勿言」的三隻猴子，又叫「三猿」。在日光的東照宮能觀賞到據說是由江戶時代初期的雕刻家左甚五郎所創作的「三猿」，各用雙手掩住眼睛、耳朵和嘴巴。

之所以用猴子來表徵「勿視、勿聽、勿言」是因為日語裡「猿（saru）」跟「不～」的「～ zaru」發音很接近。傳到海外之後，就以 See no evil, hear no evil, speak no evil. 來表達。

我一直以為那句英語格言跟 three wise monkeys 一樣是從日本出口的，直到拜讀《世界的三猿 勿視、勿聽、勿言》（中牧弘允著，東方出版）和《世界的三猿 尋找其由來》（飯田道夫著，人文書院出版）兩本著作之後，才知道世界各地自古以來就有跟三猿有關的思想、繪畫與裝飾物。又是一記當頭棒喝。

在某些地方的文化傳承裡，有的甚至以四隻猴子為代表，而多出來的那隻是把手放在屁股上，帶有性暗示，在「勿視、勿聽、勿言」之後是「勿『鬩』」。

Three Rs（3R），是 Reading, wRiting, aRithmetic「讀、寫與算數」的代稱，用老氣橫秋的日語來說就是「讀、寫和算盤」。

接著說 third party，是指事件或事故當事人以外的「第三方」，有時也指合約裡跟契約雙方完全無關的第三者。此外，兩黨制國家裡的「第三勢力」也叫 third party。日本政界曾有一段時間經常用到「第三極」這個詞，那時小黨林立並試圖在議會表決過程中掌握決定性的一票（casting vote），正是所謂的 third pary。

——四大自由——

four freedoms 是美國羅斯福總統在 1941 年初發表國情咨文演講時提到的「四大自由」，分別是 freedom of speech「言論自由」、freedom of worship「宗教自由」、freedom from want「免於匱乏的自由」以及 freedom from fear「免於恐懼的自由」。

每次聽到 freedom of speech，總會想起有次跟一位美國的出版代理商一起拜訪紐約出版社的事。當我們走過洛克斐勒中心 Time & Life Building 前面的時候，他說：「這棟大樓的地下室備有自家發電的輪轉機，不管發生什麼事都能自力印刷報紙」。

「紐約又沒有地震，難不成是為了防火災用？」聽到我提出這樣的疑問，他張大眼睛彷彿在說「你是外星來的嗎？」又慨然地說：「身為電視台、報社和出版社等大眾媒體，有時必須站在跟政府對立的立場。遇到政府透過停電措施，企圖阻擾媒體活動的時候，難道就這樣放棄了嗎？當然不是！有了自家發電的印刷機就能繼續發刊，確保 freedom of speech」——原來「言論自由」不是國家或政府給的。這事讓我對美國人主動爭取人權的意識留下深刻的印象。

——美國與「言論自由」——

想要知道美利堅合眾國是如何獲得 freedom of speech 的話，不妨看看 Gail Jarrow的非小說類創作“The Printer' s Trial”（日文書名為《印刷職人為什麼被告了[03]》）。在這本書的前言也提到，內容是根據當時留下的完整裁判紀錄、政府文書、新聞報導以及包含私人信件的書信等，追究事實真相。

故事是發生英國批准美國獨立宣言的半世紀前，當時的北美洲被分成十三個英屬殖民地，一位叫威廉 ・ 科斯比（William Cosby）的男子受英國國王之命前往紐約殖民地擔任總督。科斯比本人負債累累，想要藉機在殖民地扳回一成而做出許多不法勾當。總督有極大的權限，不但與議會共掌司法權，還握有最高法院大法官和議員的任命權，可以隨時剷除異端，管他是議員還是大法官，只要是跟他作對的，都會遭到罷免。

03 「印刷職人は、なぜ訴えられたのか」幸田敦子譯、Asunaro Shobo 出版。

科斯比利用自己的身分以超乎想像的毒辣手段榨取錢財，讓人民的生活陷於窮困和極度混亂之中。科斯比的做法當然引起強烈反對，有議員直接向英國投訴，但是大不列顛王國哪裡管得著遠在大西洋彼岸發生的事，所有的申訴都石沈大海。持續批評科斯比暴行的報紙發行人約翰・彼得・曾格（John Peter Zenger）也被逮捕入獄。

寫得太仔細感覺有點「爆料」，但是只要讀了這本書就能了解爭取「言論自由」是如何辛苦的一件事，尤其是立志成為記者或從事媒體相關工作的學生都應該拜讀。

——媒體的階級——

fourth estate（第四階級）是指「新聞界」，即「公眾媒體」與「新聞工作者」。過去報紙對社會的影響力急速擴大，而被認為是繼神職人員、貴族與市民之後的第四勢力，但現在還有新的解釋是，「報導」是立法、司法、行政三權以外的第四權力。報導機關的使命在於監視三權運作，讓國民了解立法、司法與行政的動向。從這層意思來說，以前是三權分立，現在是透過「四權分立」相互制衡。

── Take Five 是「休息五分鐘」──

可曾聽過＜ Take Five ＞這首爵士名曲？這是 The Dave Brubeck Quartet 樂團在 1959 年發表的曲子，作曲者兼中音薩克斯風手 Paul Desmond 吹奏出悠揚而輕快的旋律，令人留下深刻的印象。團長 Dave Brubeck 在 2012 年 12 月過世的時候，日本國內也做過相關報導，背景音樂當然是＜ Take Five ＞。

由於這首曲子採用 5/4 拍的不規則節拍，震撼了當時的爵士音樂界。這對完全不懂音樂的我來說很難想像什麼叫 5/4 拍，跟其他人請教之後，更是聽得一頭霧水──就是在 3/4 拍之後接續 2/4 拍，蛤？

我在年輕的時候最常用來訓練英語能力的教材是 NHK 電台的【英語會話】節目，由當時擔任清泉女子大學助教授的大杉正明先生主講，內容是由兩位記者雄二與麗莎採訪 the real America ／ American 構成。這次的故事是雄二前往聆聽當時仍屬罕見的女薩克斯風手現場演奏並採訪當事人。

那位女性在舞台上表演完＜ Take Five ＞這首曲子後說 "Let me take five."（讓我休息個五分鐘），聽起來好像是為了呼應剛才的曲名而說的，其實是英語辭典裡也查得到的用法，除了「休息五分鐘」，也有「休息一下」、「喘口氣」的意思。

high-five 是跟朋友打招呼或慶祝勝利時做出「舉手擊掌」的動作，但日本人自創另一種說法叫 high touch，讓老外有聽沒有懂。

應該很多人還記得 2013 年美國波士頓紅襪隊贏得世界大賽冠軍的時候，日本電視不斷播報日籍投手上原浩治，高舉勝投的右手跟團隊成員、球迷擊掌的畫面。但就算是同一隊球迷，也不是每個人都有心理準備跟素不相識的人起哄擊掌，有的人搞不好還沒想過要這麼做，這時就可以舉手喊聲“Hey, give me five!”引導對方來個“高接觸”。

若是雙手都舉起來的話，有十隻手指的關係，就叫 give me ten。擊掌一開始是流行於運動競賽，現在也成為年輕人之間打招呼的方式。

——行使憲法第五修正案（the Fifth）的沈默權——

take the Fifth 跟 take five 很像，但前者為「行使沈默權」、「拒絕作證」的意思。the Fifth 是「美國憲法第五修正案」，日本修憲是直接修改條文本身，但美國是以追加修正條文的方式來迎合時代變化。

1971 年追加的「第五修正案」裡具名「任何人不得在任何刑事案件中被迫自證其罪」。

take the Fifth 也可說成 plead the Fifth。plead 是動詞「懇求」，在法律用語是「主張」、「答辯」的意思，所以 plead the Fifth（行使憲法第五修正案）是「行使緘默權」。迴避記者提問，或是跟朋友開玩笑「那是祕密」、「才不能對你說呢」的時候，都可以用“I' ll take the Fifth.”來取代“no comment”（無可奉告）。雖然用這種回答方式是誇張了一點。

——五根手指的折扣——

在＜人體篇＞介紹跟手指有關的表現時也提到「大姆指叫 thumb，其他四指是 fingers」，但有個例外是 five-finger discount（五指折扣）——伸出五指就能換來折扣？其實是「順手牽羊」shoplifting，也就是用五根手指抓住商品，塞進口袋或包包裡，不付錢就走出店裡的偷竊行為。

跟商店行竊有關的表現還有 sticky fingers（黏黏的手指）是「好（ㄏㄠ丶）竊」的意思，手黏才好抽出收銀機的錢或是拿取架上的商品，例如 This guy has sticky fingers.（這傢伙有偷竊的習慣）。

但 sticky fingers 也不全然是負面的，在美式足球裡 “He has sticky fingers.” 是稱讚那人「接球能力很好」，有可以黏住球的手指，不管從多遠傳球都不會漏接。

——第五個輪子——

fifth wheel（第五個輪子）一詞在美國很常見，以四輪車來說，第五個輪子就是「備胎」，也用來比喻「多餘的人（或物）」、「沒用的東西」。例如，I felt I was the fifth wheel at the party last night.（昨晚的派對上我覺得自己是多餘的），也就是未能融入當下的氣氛而感到困窘，或是無法卸除緊張的情緒。

但是英語裡第五個跟第三個輪子是一樣的，也就是說 fifth wheel 跟 third wheel是同義字。用自行車來想像就能理解third wheel何以是「冗員」，也不難想像被用來比喻成「電燈泡」的原因。

——6 與 7 的混亂——

不用說也知道 sixth sense 是「第六感」，指的是 five senses「五官感覺」——視覺（the sense of sight）、聽覺（hearing）、嗅覺（smell）、味覺（taste）和觸覺（touch）——以外，對事物直覺、靈敏的感受。

在英國有 be at sixes and sevens（在六和七）的說法，是「雜亂無章」、「亂七八糟」的意思，例如 The government is at sixes and sevens over the issue of domestic security.（政府在國內治安問題處理上顯得一團糟）。

為什麼要用「在六和七」來形容？關於這一點有很多說法，其一是來自中世紀歐洲有一種叫 azar 的賭博遊戲，是利用擲骰子決勝負，很容易受到機運影響，有自取滅亡的危險，而且它的遊戲規則是以五點（cinque 又作 cinq）、六點（six）做為最低點的危險數字，容易引起誤會，在人們以訛傳訛之下 at sixes and sevens 就成了「混亂」的意思。此外，azar 遊戲的機會與危險性也演變成現在指「危險」或「偶然」的 hazard。

第二種說法是，中世紀倫敦每年舉辦的遊行裡，有兩個出場的協會因創辦於同一年，雙方為了爭取第六個出場順位起爭執，大會於是採用每年輪流在第六與第七順位出場的折衷方式，也成了 at sixes and sevens 的由來。

用到 six 這個字的英語表現還有 six of one and half a dozen of the other。不管是六個還是半打，都是六，所以是「哪個都一樣」、「兩者幾乎沒差」、「半斤八兩」的意思。

——幸運數字 7——

歐美普遍把「7」視為幸運數字。根據聖經記載，神在創造天地的時候把第七天訂為安息日，這一天要用來禮拜讚美主，「7」也就成了神聖的數字。

當然最為人熟知的，應該是棒球的「第七局」lucky seventh。過去紐約巨人隊（New York Giants，以前主場在紐約）不知為什麼總在第七局得分取得優勢，而有了這種說法。一般來說，球賽到了第七局容易進入逆轉，這是因為先發投手體力下降，無法發揮球技，形成打者出擊的好機會，而且打擊順序來到第三輪已經習慣投手的球，也就容易擊出安打。但也有人認為第七局大概是繼任投手接替先發上場的時候，才會發生容易逆轉的情形。其實現在角色分工很細，不管是中繼還是佈局投手（setup man）的實力也很堅強，一個隊伍能勝出也決定於能否創造「在中場領先的情況下，只要換哪個投手上場就能穩住局面」的模式。

美國職棒大聯盟比賽來到第七局上半結束，終於輪到地主隊展開第七回合攻擊之前有個中場休息，英語叫 seventh-inning stretch。觀眾會趁這個時候站起來伸懶腰，齊聲歡唱＜ Take Me Out to the Ball Game ＞（帶我去看棒球）。這首歌儼然成了美國棒球國歌，有的球場也會在電子告示牌上打出歌詞的跑馬燈。但如果有機會去美國看棒球的話，建議先學起來更能融入當下。

——七大洋——

你能舉出七大洋（the Seven Seas）有哪些嗎？有北極海（the Arctic Ocean）、南極海（the Antarctic Ocean）、印度洋（the Indian Ocean）、太平洋（the Pacific Ocean）還有大西洋（the Atlantic Ocean）……這樣才五個。另外兩個是地中海（the Mediterranean Sea）？東海（the East China Sea）？還是日本海（the Sea of Japan）？

這是機智問答裡常出現的題目，正確答案是，太平洋和大西洋又各分為南北，所以是北太平洋（the North Pacific Ocean）、南太平洋（the South Pacific Ocean）、北大西洋（the North Atlantic Ocean）和南大西洋（the South Atlantic Ocean），加起來是七大洋。

——世界七大奇觀——

世界七大奇觀，the Seven Wonders of the World 所指為何？這是由古希臘數學家費羅選出的世界七大奇異建築。

首先是建於西元前 2600 年的埃及吉薩大金字塔（the Great Pyramid of Giza），又叫胡夫金字塔。關於此應該沒有特意說明的必要，但這是世界七大奇觀裡現在唯一僅存的建築物。

第二是巴比倫空中花園（the Hanging Gardens of Babylon），約是西元前 600 年座落於新巴比倫帝國首都，巴比倫城裡一座美麗的花園。其名很容易讓人以為這座花園是懸浮在半空中，其實不然。它是建在高地上，遠遠看彷彿一座“空中”花園而得名。

第三是艾菲索斯的亞底米神廟（the Temple of Artemis at

Ephesus）。艾菲索斯是古代愛奧尼亞（現土耳其安那托利亞）的港灣都市，這座巨大神廟建於西元前 550 年，據說共花了 120 年才完成。

第四是奧林匹亞宙斯神像（the Statue of Zeus at Olympia），由古希臘雕刻家菲迪亞斯在西元前 500 年建造完成。有文獻記載宇宙至高無上的天神宙斯，是以 12 公尺高的金身坐在黃金寶座上。

第五是摩索拉斯王陵墓（Mausoleum at Halicarnassus）。西元前 353 年，為記念統治波斯帝國卡里亞地方的總督摩索拉斯（Mausolus），女王在新都哈利卡那索斯（Halicarnassus）建造了一座巨大的大理石靈廟。也由於這座靈廟做得太好，之後雄偉的靈廟建築（陵墓）便以 mausoleum 稱呼。

第六是羅德島的海利歐斯巨像（the Colossus of Rhodes）。海利歐斯是希臘太陽神的名字，西元前 280 年愛琴海上的羅德島港口矗立了巨大的海利歐斯像做為守護港灣的象徵。據說神像高 34 公尺，包括底座共 50 公尺。

最後是亞歷山大燈塔（the Lighthouse of Alexandria）。亞歷山大是尼羅河口港灣都市的名稱，燈塔是建於西元前 280 年左右，座落在亞歷山大附近的法羅斯島。關於燈塔的高度有 120 公尺和 130 公尺兩種說法，白天能反射太陽光，夜裡的火炬能為方圓 50 公里以外的船隻指引方向。

西元前人類就能投入長遠的歲月打造如此雄偉優美的建築，還真是不可思議（wonder）。再來個看似多餘的豆知識，電影【金剛 King Kong】的副標題是“the Eighth Wonder of the World”（世界第八奇觀），當然是來自 the Seven Wonders of the World 的發想。現在很多不可思議或被視為奇蹟的現象都借用這種方式來表現。

──在九層雲端上──

在<人生篇>裡曾提到 cloud nine 的表現，on cloud nine 或是 up on cloud nine 是「極為快樂」、「欣喜若狂」，簡直要“飛上天”的意思。之所以用「九層雲端」形容，得從氣象學來說明。據說雲能到達的最高點是離地面 8 英里處（相當於 12.8 公里），而 cloud nine 是超乎其上的「9 英里」處，感覺就像浮在雲層上端，心情也跟著飄飄然。

另有一說是，美國氣象局把雲分成九類，積雨雲是屬第九類。積雨雲的雲體濃厚龐大，雲頂向高空伸展達最高點的時候又稱為 cloud nine。所以 on cloud nine 是「在積雨雲上方」的意思。

積雨雲在日本俗稱「入道雲」，因為白泡泡的雲層看起來像出家人的大光頭。「入道」除了指修行僧和入佛門的貴族子弟，也是日本妖怪「光頭怪」的名字。

我每星期都會去自家附近綠蔭成群的公園，躺在草地上仰望天空。知道自己和無垠的天空以及地球數十億年的演變比起來，就好像一粒沙的存在，一切煩惱也就變得不足為道。盛夏的藍天裡，積雨雲看起來像一團團隆起的肌肉，不斷向天際延伸，內心也隨之充滿飄飄然的感覺，「這樣就夠了，其他別無所求」，此時此刻對我來說就像躺在九層雲端上（on cloud nine）。

——九日奇蹟——

一般公司的勤務時間是 nine to five（上午九點到下午五點），所以 nine-to-five job 是「正常勤務工作」，反之也有「雖然不用加班，樂得輕鬆，但也很無聊」的意思。

1980 年由珍．芳達主演的好萊塢喜劇電影【朝九晚五 Nine to Five】，內容講述三個上班婦女受不了上司性擾騷與利用職權以上犯下的行為，為懲罰上司而引起的大騷動。現實生活職場裡可能發生的事，以幽默逗趣的方式在這部電影完整呈現。

be dressed (up) to the nines也是用到「9」的表現，是「著正裝」、「穿上最好的衣服」和「打扮得漂漂亮亮」的意思，例如The new hire was dressed to the nines.（那個新人打扮極為入時）。有人說這裡的「9」，可視為滿分10分裡達9分的意思，而且9是一位數的最大值，所以也有「最好」的意思。也有人認為be dressed (up) to the nines是從許多9排成接近100%的99.9999%而來。

nine times out of ten（十次裡有九次）是「幾乎每次」的意思，例如Nine times out of ten, my son turns to the music channel when he watches TV.（我兒子每次打開電視就是看音樂台）。

但你聽過a nine days' wonder（九日奇蹟）的說法嗎？是指「轟動一時但很快被忘卻的人或事物」，用來形容曇花一現的藝人真是再貼切不過。他們奇蹟似地嚐到成為媒體寵兒的滋味，但這畢竟是那人本身的經驗，跟周遭的人沒有關係而很快被人遺忘。

反之也有「不管什麼天大的醜聞，只要時間一過就會被忘卻」的意思，源自於A wonder lasts but nine days.（世間新鮮事再久也不過九天）這句諺語，日語就叫「流言最長七十五天[04]」。

04　人の噂も七十五日。

為什麼英語是「九天」而日本人說是「七十五天」？

在歐美有一說是因為中世的宗教祭典活動為時九天，人們在這段期間吃吃喝喝、大聲喧鬧之後又回復到平日安靜的生活。也有一派認為是出自 1600 年一位叫 William Kempe 的喜劇演員所出版的遊記名稱《Nine Days Wonder》，書中記載了他踩著英格蘭民俗舞蹈莫里斯舞（Morris dance）的步伐，完成倫敦到諾里奇共 160 公里，為期九天的旅行。

在日本，為配合五行，把四季交接的立春、立夏、立秋和立冬前約十八天的這段期間稱為「土用」，配合各主木氣、火氣、金氣、水氣的春、夏、秋、冬，共有五季。用一年 365 天除上 5 得到 73，所以「流言最長七十五天」是表示謠言過了一季之後就沒人記得了，叫人「不用在意他人可有可無的流言蜚語」。

——10 點滿分的女性——

1979 年有部美國電影叫【10】（Ten），男主角是一位叫喬治的作曲家，他有以 10 點做為滿分，評價街上遇到的女性得幾分的習慣。有天喬治開車等紅燈的時候，瞥見隔壁車上坐了一位“百分之百”的女孩，這部電影便以“She' s a perfect ten.”（她是我看過最美麗的女生）為題，展開一段故事。

我看過這部電影，但現在徒留女主角寶・德瑞克穿著泳衣在沙灘上奔跑的記憶。

──摩西十誡與史上經典誤植──

關於 the Ten Commandments「十誡」，也曾由雀爾登・希斯頓（Charlton Heston）和尤・伯連納（Yul Brynner）兩位男星翻拍成同名電影，應該有很多人看過。內容講述先知摩西帶領受難的希伯來人（以色列人）出走埃及，在西奈山接受上帝頒布「十誡」的故事。

根據教派和各種解釋，有的認為十誡是由兩種律法結合為一，也有其他看法指出十誡其實是十一誡，很難斷定誰是誰非。以下是引用日本一般常見的《聖經新通譯本》（Good News Bible）介紹這十條誡律。

1. Worship no god but me.（除了耶和華以外，不可有別的上帝）

2. Do not make for your selves images of anything.（禁拜偶像）

3. Do not use my name for evil purpose.（不可妄稱上帝的名）

4. Observe the Sabbath and keep it holy.（遵守安息日）

5. Respect your father and your mother.（孝敬父母）

6. Do not commit murder.（不可殺人）

7. Do not commit adultery.（不可姦淫）

8. Do not steal.（不可偷盜）

9. Do not accuse anyone falsely.（不可作假見證）

10. Do not desire another man' s house.（不可貪婪）

補充第 4 項裡的 Sabbath 是「安息日」。sabbatical leave 是美國大學給與教授或副教授的公休假（又叫教授休假），對從事研究領域的人來說是再熟悉不過的了。

說起十誡，一定不會忘記「史上最經典誤植」事件。話說倫敦的印刷廠業者竟然漏刷，把第 7 項的“Do not commit adultery.”印成“Do commit adultery."（要人姦淫），明顯違反上帝要人守貞的戒律。據說印刷廠業者因為無法支付莫大的賠償金，最後在監獄裡度過餘生。

除了聖經，「十誡」也出現各種應用版本，譬如為寵物狗代言，請求飼主遵守的「狗狗十誡」，條條賺人熱淚。這裡僅簡單介紹第一條飼主戒律是，「我（狗）的一生只有 10 到 15 年，與你（飼主）分離是最難過的事，在決定與我一起生活之前，請先記得這一點」。其他還有「駕駛人十誡」，第一條便是「不可殺人」。

有次我去一位法國友人家做客的時候，也看到房間牆上貼了一張「軍人十誡」。他是法國空軍出身，那個應該是軍中分發的文書，可惜內容過於淫穢，不便在這裡介紹給讀者知道。

——11 點是最後一刻——

eleventh hour（第 11 點鐘）也是出於聖經的表現，古時以色列把從日出到日落的時間分成 12 等分，並隨季節調整太陽升起與落下的時間。以日出是現在上午 6 點來說，9 點就是當時的 third hour（第 3 點鐘），正午是 sixth hour（第 6 點鐘），到了下午 5 點左右便是 eleventh hour，即日落前夕。

eleventh hour 出現在新約聖經《馬太福音》（Matthew 第 20 章 1-16 節）裡葡萄園工人的比喻。有人問耶穌「什麼人才能進天國？」耶穌打比方說，一位葡萄園主人為了雇用人力，在清早第 1 點鐘來到廣場，和工人講好一天一錢銀子，便打發他們進葡萄園去。到了 9 點（第 3 點鐘），主人見到廣場上還有人閒在那裡沒事做，便以同樣是一天一錢銀子的條件把他們送去葡萄園工作。時至下午 5 點（第 11 點鐘）看見仍然有人站在廣場上，又以同樣工資讓他們進園子工作。晚上收工後，園主交代準備發薪水的工頭，「從後來的發起，到先來的為止」。最後一批人看到自己從清早幹到晚，竟然跟傍晚時分才來的人一樣只拿到一錢銀子的時候，自然要抱怨。但園主說：「朋友，我不虧負你，你與我講定的，不是一錢銀子嗎？拿你的走吧。」

耶穌在講述完這段比喻後，又以「這樣，那在後的將要在前，在前的將要在後」來表達，不論是早來或晚到的，信者在天國都能領受相同的恩典。

the eleventh hour 從這裡也引申出「最後一刻」、「緊要關頭」與「危急之時」的意思，例如 The president' s visit was called off at the eleventh hour.（總統訪問在最後一刻取消了）。

此外，由李奧納多 ・ 狄卡皮歐領銜製作的電影【第十一個小時 The 11th Hour】是講述人類對地球自然環境造成重大破壞，呼籲世人「在最後一刻做出改變！」的環保記錄片。

——13 是不吉利的數字——

為什麼 13 是不吉利的數字？有一說是因為，耶穌在被釘死於十字架前，跟 12 使徒共度「最後晚餐」的關係，所以有種迷信是「13 人一起吃飯的話，必有一人遭遇不測」。

也有一說是因為耶穌受難日在 13 號星期五，但是關於這個傳說並沒有明確的史料記載，倒是讓「13 號星期五」成了大兇之日，還有電影以此為名【十三號星期五 Friday the 13th】並特意選在 13 號的星期五這一天公開上映。

在歐美，很多建築物樓層標示會避開「13」這個數字，12 樓之後不是寫成「14」就是「12b」。

阿波羅 13 號事故也是不吉利的「13」裡常出現的話題。為挑戰迷信，美國科學家特意把阿波羅 13 號的發射時間選在 13 號的 13 點 13 分，不料在奔向月球的途中，艙內突然爆出花火引燃燃料電池，導致氧氣罐爆炸，嚴重損及電力與氧氣供應。三名太空人在絕境中改以登月艙做為救生艇，最後成功返回地球。只要觀看湯姆 ‧ 漢克斯主演的【阿波羅 13 號 Apollo 13】就能了解事故發生與處理的來龍去脈。

——13 恐懼症——

接下來要介紹的，也是跟 13 有關、由 17 個字母組成的單字叫 triskaidekaphobia，可拆成源自希臘語「13」的 triskaideka 以及「恐懼」、「懼怕」的 phobia 兩字，是對 13 這個數字感到恐懼的「13 恐懼症」。

phobia 可做為字根，結合其他字就成了「～恐懼症」，例如 acrophobia（懼高症）、claustrophobia（幽閉恐懼症），以及無端懼怕或討厭外國（人）與陌生人的「懼外、仇外心理」xenophobia。反之，-phile 是「愛好……的（人）」的意思，例如 bibliophile 是「愛書人」或「藏書家」。

把話題拉回「13」，triskaidekaphobia 的反義字是 triskaidekaphile「13 愛好者」。有個團體叫 the Society of Triskaidekaphiles（13 愛好協會），創辦人是在 1913 年 4 月 13 日出生，而協會成員都是把 13 視為幸運數字的「13 愛好者」。

the same old seven and six 也跟 13 這個數字有關。same old 是「一如往常」，那麼 seven and six 是指什麼？其實是為了避開不吉利的「13」改用「7 加 6」來表示，是「運氣跟以前一樣差」、「情況一直沒有改善」的意思。當對方問候“How are things?”（最近如何？）時，也可用“The same old seven and six.”（攏一樣，沒卡好）來回答。

據說 the same old seven and six 原本是美國阿兵哥的用法，後來也流傳到民間。

── 13 與 4 ──

我在年輕的時候也曾是個浪跡天涯的背包客，有次漫步在法國波恩紅葡萄酒（Beaune）產地的街上，天空突然飄起了雪，在急忙尋找下榻的飯店時看到 Hotel Dieu 的招牌，心想「真是名副其實的『神飯店』」，於是上前尋問“Vous avez une chambre pour moi?”（有空房嗎？）一位氣質高貴的女士回說「這裡不是飯店，是療養院」，也就是醫院兼療養院的教會。那位女士原來是修女兼導覽人員，應她之邀我也繳了入場費進門參觀。

她說這所療養院創於 15 世紀，提供窮人免費的醫療服務。裡頭展示了當年為病患料理餐點的廚房以及當時的醫藥品，兼具醫學博物館功能。修女最後帶我到禮堂，但祭壇前擺的不是長椅，而是一張張的病床。

她說這間教會也為臨死的病人提供安寧照護，「他們躺在這裡的床上，獻上祈禱，安靜度過餘生」。修女還提醒我注意每張床的標號，「沒有『13』這個數字，因為 13 代表不吉利」。

之後我也雞婆地跟她說：「在日本，quatre（4）和 mort（死）發音相同，所以沒有『4』這個標號。」她一臉驚喜地表示，每年有很多日本觀光客來這裡參觀，但從來就不知道日本也有這樣的忌諱，「下次有日本人來的時候，一定要『展』一下」，說完還跟我握手道謝。

雖然只是那麼短暫的體驗，卻成了永不褪色的青春回憶。

——15 分鐘的風頭——

fifteen minutes of fame（15 分鐘的風頭）也是個知名的英語表現，近似先前介紹的 nine days' wonder（轟動一時的人或物），是「一時聲名大噪」的意思，源自普普藝術大師安迪・沃荷（Andy

Warhol）的名言“In the future, everyone will be world-famous for 15 minutes”（在未來，每個人都能成名 15 分鐘）。然而安迪其實是引述深深影響人類對媒體認知的加拿大學者馬歇爾・麥克魯漢（Marshall McLuhan）的發言，「在電視訊號交雜的世界裡，誰都能享有 15 minutes of fame」。

如馬歇爾所言，電視這種媒體果然讓人在一夜之間成名，包括犯下嚴重罪行的人也在媒體報導之下立即成為公眾抨擊的對象。在電視廣播創始期即預言媒體傳播未來的馬歇爾，果真是偉大的人物。

——進退維谷的 Catch-22——

說起「22」這個數字，會想起約瑟夫・海勒（Joseph Heller）這位美國作家在 1961 年發表的《第二十二條軍規》（Catch-22）。這部描寫戰爭裡種種荒謬現實的小說，在當年美國想藉越戰突顯國威以及對抗共產主義的時勢下，成為發行逾千萬本的超級暢銷書。

故事發生在二次世界大戰裡美軍駐守的義大利一個島上，主角尤塞恩（Yossarian）是防空砲兵部隊的飛行官，反覆飛往德軍陣營執行空爆任務。尤塞恩極想早日退伍，礙於達到退伍標準的規定飛行次數不斷增加，讓他直想裝瘋賣傻求得解脫，又有條軍規卻阻礙了他的計畫，那就是 Catch-22（第二十二條軍規）。Catch 是「軍規」，22 便是指其中第二十二條規定。

這條規定是這樣的：「精神異常者可經由自行申告除役。但自行申告精神異常者，就代表此人神智清楚，並未發瘋」——講究人道關懷的規定竟成了要人的圈套，從此 Catch-22 就用來指「互相抵觸的規則或條件所造成無法脫身的窘境」。按日本人的說法就是，「不條理」（不合理）與「理不盡」（不講理）的規定讓人處於左右為難的情形。

世上充滿了這種讓人無所適從的情況，就好比自己很想從事某個工作，但對方開出的條件是「必須是有經驗者」，可是如果不先有機會做看看又哪來的經驗？這也是 Catch-22 situation（兩相為難）。

——神聖的數字——

40 這個數字在聖經裡重複出現的關係，自古被視為神聖不可侵的數字。舊約聖經《出埃及記》裡寫到上帝召喚摩西接領十誡的時候，摩西在西奈山停留了四十晝夜。《創世紀》裡上帝指示諾亞建造方舟完成後，天上降下四十晝夜的大雨，等到大水開始消退的四十天後，諾亞打開窗戶放一隻烏鴉出去試探地面洪水散去的情形（但烏鴉只是到處飛而不願意飛回來，之後又改放鴿子出去）。

forty除了「40」還有「很多的」含意。幾本英和辭典裡都有收錄forty ways to Sunday（四十種撐到星期日的方法）這個用詞，意思是「用任何方式」、「全面地」、「完整地」。這似乎是美國俚語，但我問了幾個美國人，沒有一個聽過這個表現，果然就某種層面而言，字典還真是“載滿死語的墓地”。

但很多人都知道forty winks是「白天小睡」的意思，尤指飯後「打盹」，例如I had forty winks in the afternoon.（我今天下午小睡了一下）。

──40英畝土地和1頭騾子──

美式英語裡有句forty acres and a mule（40英畝土地和1頭騾子），是出自南北戰爭後美國聯邦政府約定支付給被解放的黑奴的補償，那頭騾子是取代鋤頭用的。但是林肯遭暗殺之後，以副總統身分繼任總統的安德魯・詹森卻收回這項約定，使得forty acres and a mule成了「打破承諾」的代名詞。

小馬丁・路德・金恩（Martin Luther King, Jr.）是1960年代美國黑人運動的領導者，金恩牧師主張透過和平的民權運動為非裔美國人爭取基本公民權利。相對的，麥爾坎・X（Malcolm X）是用激烈手法進行抗爭，也許有人看過講述這位人權運動家的同名電影【黑潮 Malcolm X】，導演史派克・李（Spike Lee）也把自己的製片公司取名為"40 Acres & A Mule Filmworks"。

2008年美國誕生第一個黑人總統巴拉克・歐巴馬（Barack Obama），一位黑人記者Larry Wilmore在美國深夜脫口秀節目【The Daily Show】裡很諷刺地說 "We would have been happy with 40 acres and a mule"，意思是「我們黑人只要能按約定拿到40英畝土地和1頭騾子就很滿足了，沒想到竟然還出了一位總統」。

——49與淘金熱——

美式足球裡有一隊叫San Francisco 49ers（舊金山四九人隊），這個「49」是指美國加州淘金熱（California Gold Rush）的1849年，而forty-niners（四九人）是同年蜂湧而至，大作一獲千金夢的淘金者。

49這個數字印象過於強烈，以致很多人以為金礦是在1849年發現的，其實這一年是淘金熱元年，真正發現金礦的時間是在更早的 1848 年 1 月 24 日，一位叫詹姆斯 ・ 馬歇爾（James Marshall）的男子在加州克羅馬（Coloma）附近的美國河（American River）沿岸發現金光閃閃的碎金。風聲一下傳遍各地，多達三十萬人從世界各地湧來想要一圓淘金夢。

說來東京澀谷有家專賣漢堡排的名店叫“Gold Rush ”，下電梯進到店裡就能看到右側牆上掛著一塊牌子，講述店名的由來，最後一句寫到「Gold Rush 永遠讚佩四九人的勇氣與熱情」。

既然都離題了，就順便說說這波淘金熱的產物── Levi' s的牛仔褲。創辦人李維 ・ 史特勞斯（Levi Strauss）著眼於金礦工人的褲子很快就磨損破爛，因而利用原本用來製作馬車篷和帳幕的帆布，做成耐穿的牛仔褲，很快獲得礦工的歡迎。

── 411 查號台「報你哉」──

日本的查號台是「104」，美國是「411」（唸成 four-one-one 或 four-eleven），因此「411」在美國俚語有「資訊」的意思，尤指跟個人隱私，或是和重大事件、人氣活動有關的情報。

I want to get the 411 on him. 是「我要知道跟他有關的事」、「我想多了解他」的意思。Give me the 411 on her. 是「告訴我她的一切」。但如果你手上握有的是他人所不知道的，也能用“I have the 411 about her.”（我知道她的祕密）來形容。

──小說家與 2 千英磅──

知道傑弗瑞 · 亞契（Jeffrey Archer）這位英國人嗎？在英國俚語裡“Archer”是「2 千英磅」的意思。為什麼呢？這得從傑弗瑞 · 亞契波瀾萬丈的一生說起。

傑弗瑞 · 亞契在 29 歲以史上最年輕的下議院議員身分跨入政界，卻因捲入跟北海油田有關的國際投資詐欺案而喪失全部家產，在宣告破產之下被迫職去議員職位。但這個悲慘的遭遇卻帶給他創作的動力，在 36 歲時出版的處女作《Not a Penny More，Not a Penny Less》（台灣未出版）大為暢銷，也讓他得以償還所有的債務。

亞契在這之後以作家身分同時跨足政界與文壇，在 43 歲當上保守黨副主席，不久又爆出招妓醜聞，亞契以損害名譽為由，控告做此報導的英國小報，並獲得高額的賠償金。但是英國民眾對於政治人物清廉潔白的要求程度遠高於日本，這類醜聞對英國政客而言是致命傷，亞契也以下台來結束這場騷動。

就在亞契準備在 60 歲前以保守黨倫敦市長候選人的身分三度重返政界之前，當年在法庭上為亞契做證「不在場證明」而成為勝訴關鍵的友人，竟然爆料自己受亞契之託，在法庭上做的是偽證。這下亞契以妨害司法和做偽證被判處四年有期徒刑，不得緩刑。輾轉在不同監獄服刑的亞契在獄中也不得閒，不但在報紙上發表專欄，連出獄後也把從其他受刑者那裡聽來的身世與犯罪故事融入多本小說創作裡。

回到剛才的問題，Archer 跟「2 千英磅」有什麼關係？其實這是傑弗瑞 ・ 亞契付給應召女郎的遮口費，也是讓她遠渡海外，避免在媒體面前爆料的「安家費」。

傑弗瑞 ・ 亞契的人生還真是幾度載沉載浮，雖然多屬自食惡果，但如果沒有這些人生的考驗，可能也不會有全球知名暢銷作家 Jeffrey Archer 的誕生。

——逆境是「偽裝的幸福」——

每次想到傑弗瑞・亞契（Jeffrey Archer）的人生，腦中都會浮現 blessing in disguise這個英語表現。blessing翻成「幸事」、「（上帝的）賜福」、「祝福」，亦即「幸福」。in disguise是「偽裝的」、「假扮的」，所以 blessing in disguise是「偽裝的幸福」，指的是當下覺得陷入人生谷底，但事後想想正因為有了那段經歷才有現在美好幸福的人生，正所謂「塞翁失馬，焉知非福」。

希望現在正處於逆境的人能夠想起這句英語，要相信你現在所經歷的一定是「偽裝成不幸的幸福」，只要腳踏實地、持續努力就能「因禍得福」。到時一定能感受 blessing in disguise的醍醐味。

——百萬感謝——

英語裡有各式各樣用來表達感謝的表現，最常見的應該是“Thank you very much.”還有“Thank you so much.”、“Thanks a lot.”以及“Many thanks.”。

除了 thank 這個單字，也能用 oblige 來表達，例如 I' m much obliged to you.（我很感謝你）。相信很多人記憶中的 oblige 是「迫使」的意思，但也有「使感激」之意。

appreciate 也是「感謝」，可以用 I appreciate your kindness.（謝謝你的好意）或是 I appreciate what you have done for me.（謝謝你為我做的一切）來表達。

回到 thank 這個字，還有個口語表達叫“Thanks a million.”是 Thank you million times.（百萬次感謝）的簡縮。我是在很久很久以前學到這個表現的，但現在仍記憶猶新。

以前 NHK 電台【英語會話】節目裡有一篇是新聞記者麗莎去採訪一位 millionaire（百萬富翁）。當麗莎抵達佛羅里達州（Florida）勞德岱堡－好萊塢國際機場（Fort Lauderdale ）時，那位百萬富翁已經坐在直昇機裡等待她的到來。他說：「現在波斯頓交響樂團正在我家團練，所以今天就在我的遊艇裡進行採訪吧！」說完便指示駕駛朝港灣方向飛去。在豪華遊艇採訪完後，富翁邀請麗莎共進晚餐，「我想請妳吃飯以示感謝，現在就來去紐約的 Four Seasons（四季飯店）用餐吧！」正準備親自駕飛機載麗莎飛往紐約之際，突然來了一通緊急電話，事後很抱歉地對麗莎說：「突然有急事去不成了，我請其他人用飛機載你去。Sorry，一個人好好享受紐約的晚餐吧！」這時麗莎回禮

“Thanks a million.” 。

說太多就顯得俗氣了，正因為對方是「百萬富翁」，所以麗莎才會說“Thanks a million.”的，真是讓人忍不住會心一笑的精妙絕倫對話。從此「百萬感謝」也深深印刻在我的腦海裡。

很多人可能用死背的方式來記憶單字和片語，但如果能像這篇對話一樣，在故事裡學起來應該是不錯的方式。就算不是對話內容，也能自行想像應用場景，如此一來肯定能加深印象。

一般人很少提到，但我覺得學習英語對話的時候，異想天開的「想像力」很重要，希望讀者能透過自身的想像力累積英語能力，並在哪一天享受到與世界各地的人交流的樂趣。

最後由衷感謝每位讀者耐心閱讀我這雜談般的文章。

Thanks a million !

參考文獻

From Cradle to Grave

Ivor H. Evans, Brewer' s Dictionary of Phrase and Fable, Cassell Publishers

William and Mary Morris, Morris Dictionary of Word and Phrase Origins, Harper & Row Publishers

Marvin Terban, Scholastic Dictionary Idioms: more than 600 phrases saying & expression, Scholastic

Marvin Terban, In a Pickles and Other Funny Idioms, Clarion Books

Gyles Brandreth, Everyman' s Modern Phrase & Fable, Clarion Books

Nigel Rees, Dictionary of Word and phrases Origins, Cassell Publishers

Norton Juster, A Surfeit of Similes, Morrow Junior Books

Joseph T. Shipley, The Origin of English Words: A Discursive Dictionary of Indo-European Roots, The Johns Hopkins University Press

Walter W. Skeat, The Concise of Dictionary of English Etymology: The Roots and Origins of the English language, Wordsworth Editions

The American Heritage Dictionary, A Dell Book

William Shakespeare Complete Works Ultimate Collection: 213 Plays, Poems, Sonnets, Poetry, including the 16 rare 'hard-to-get' Apocryphal Plays PLUS Annotations, Commentaries of Works, Full Biography [Kindle 版], Everlasting Flames Publishing

John Arbuthnot, The History of John Bull [Kindle 版], A Public Domain Book

『聖書 新共同訳』／Good News Bible: Today' s English Version　日本聖書協会

梅田修著『英語の語源物語』大修館書店

ジョーゼフ·T·シップリー著『シップリー英語語源辞典』（梅田修・眞方忠道・穴吹章子訳）大修館書店

井上義昌編『英米故事伝説辞典』冨山房

浅見ベートーベン編著『ビジネスパーソンのための英語イディオム辞典』NHK 出版

久野揚子・久野えりか著『通な英語　アメリカ人の上等句』くろしお出版

久野揚子著『通な英語 2　文字・数・動植物編』くろしお出版

久野揚子著『通な英語3　からだ編』くろしお出版

寺澤芳雄編『英語語源辞典』研究社

小島義郎・岸暁・増田秀夫・高野嘉明編『英語語義語源辞典』三省堂

アリストパネス「鳥」（呉茂一訳）岩波文庫

庄司薫『白鳥の歌なんか聞えない』新潮文庫

シャルル・ペロー『ペロー童話集』（天沢退二郎訳）岩波少年文庫

ウィリアム・シェイクスピア『シェイクスピア全集　ジョン王』（小田島雄志訳）白水Uブックス

新田次郎・藤原正彦『孤愁　サウダーデ』文藝春秋

松尾弌之『不思議の国アメリカ　別世界としての50州』講談社現代新書

スタンダール『赤と黒』＜上・下＞（桑原武夫・生島遼一訳）岩波文庫

ウィリアム・シェイクスピア『ヴェニスの商人』（福田恆存訳）新潮文庫

ウィリアム・シェイクスピア『十二夜』（安西徹雄訳）光文社古典新訳文庫

ウィリアム・シェイクスピア『オセロ』（三神勲訳）角川文庫

森村桂『天国にいちばん近い島』角川文庫

ワシントン・アーヴィング『スケッチ・ブック』（吉田甲子太郎）新潮文庫

司馬遼太郎『オランダ紀行』朝日文庫

ウィリアム・シェイクスピア『ジュリアス・シーザー』（安西徹雄訳）光文社古典新訳文庫

レスター・C・サロー『ゼロ・サム社会』（岸本重陳訳）阪急コミュニケーションズ

中牧弘允『世界の三猿　見ざる、聞かざる、言わざる』東方出版

飯田道夫『世界の三猿　その源流をたずねて』人文書院

ゲイル・ジャロー『印刷職人は、なぜ訴えられたのか』（幸田敦子訳）あすなろ書房

ジョーゼフ・ヘラー『キャッチ＝22』＜上・下＞（飛田茂雄訳）ハヤカワ文庫

ジェフリー・アーチャー『百万ドルをとり返せ！』（永井淳訳）新潮文庫

ジェフリー・アーチャー『誇りと復讐』（永井淳訳）新潮文庫

Epilogue

三十年前在偶然的情況下知道"The police caught him red-handed."裡頭那雙沾滿血的手（red-handed）竟是「當場逮獲」的意思之後，引起了我對英語學習的興趣。之後在美國旅遊時也學到physically challenged person原來是handicapped person（殘障者／身心障礙者）的同義詞，但英語用「身體挑戰者」來稱呼，感覺真的很厲害。雖然美國身心障礙者團體認為這個稱呼過於美化而持反對意見，但我可以斷言，英語是個可以讓人變得樂觀與充滿活力的語言。

不但可以用challenging（具挑戰性的）來取代difficult（困難的）說法，也能用It' s not the end of the world.（又不是世界末日）來安慰沮喪的人。對日本人來說要學好英語很難，但這種富饒趣味的表現讓我一再陷入英語魅力之中，無法自拔。

就這樣，每次發現"很有感"的英語表現時就把它記在單字卡上，本書就是參考一疊疊的單字卡寫成的。一開始我想得很簡單，只要列出有趣的英語表現，在意思和例句解說之後加上自己深刻的體驗，應該就能編成一冊。

執筆過程中又覺得應該要佐以更深入的內容，而加入「為什麼要送銀色湯匙給生小孩的人？」、「為什麼綠色是嫉妒的顏色？」、「為什麼用棕色的鼻子（brown nose）來形容馬屁精？」等英語表現的由來，並盡量補充個別單字和片語的語源。

然而英語"語源"還真是大有來頭。不像日語可以參考古典文獻，了解古代寫成「をかし」的「おかしい」原來是指「雅趣」，現在則

成了「滑稽可笑」的意思。其他還有比如「背水の陣」和「臥薪嘗胆」等，原來各是來自中國漢朝韓信以背水陣擊潰趙軍（背水一戰），以及越王句踐臥薪嘗膽的故事。這些完全無庸置疑。

但英語就沒那麼簡單了，不僅要追溯到六千年前就已存在的印歐語系、希臘語、拉丁語、凱爾特語、原始日耳曼語和古英語，在空間方面也要網羅英國、愛爾蘭、美國、加拿大、澳洲、南非和其他世界各地。

查閱許多文獻之後就會發現，同一個英語表現可能有多種語源記載，發生的時代和地區也不盡相同。就算是出於同一事件，在細節部分也有出入，有的還會讓人覺得根本就是“偽造來源”。除非能坐時光機回到當時，否則很難斷定其中真真假假，為免漏網之魚，把本來打算只集中在一種說法的方式，改成“全都錄”的形態，盡量介紹文獻裡查得到的語源參考。至於何者為真？何者為假？就留給讀者自行判斷。

本書特請英國出身的 Rachel Ferguson 和來自美國的 Jeff Clark 兩位超級博學者協助包括語源的英語校對，同時過目我對英語相關解釋，包括細部語感表現的日語原稿。「身為美國人的我看了之後也學到很多呢」，Jeff 的這番話對我而言真是一生的榮耀。

最後由衷感謝把我這包山包海的原稿出版成書的 IBC 出版社浦晉亮社長。

2014 年 6 月　小泉牧夫

英語研究室

從語源、用法到文化記憶，連老外都驚嘆的趣味英語應用 163 選

世にもおもしろい英語 あなたの知識と感性の領域を広げる英語表現

國家圖書館出版品預行編目(CIP)資料

英語研究室：從語源、用法到文化記憶，連老外都驚嘆的趣味英語應用 163 選 / 小泉牧夫作；陳芬芳譯. -- 初版. -- 臺北市：麥浩斯出版：家庭傳媒城邦分公司發行，2018.12
面； 公分
譯自：世にもおもしろい英語：あなたの知識と感性の領域を広げる英語表現
ISBN 978-986-408-457-9(平裝)

1. 英語 2. 讀本

805.18　　107021053

作者　小泉牧夫
翻譯　陳芬芳
責任編輯　張芝瑜
美術設計　郭家振
行銷企劃　蔡函潔

發行人　何飛鵬
事業群總經理　李淑霞
副社長　林佳育
副主編　葉承享
出版　城邦文化事業股份有限公司 麥浩斯出版
E-mail　cs@myhomelife.com.tw
地址　104 台北市中山區民生東路二段 141 號 6 樓
電話　02-2500-7578
發行　英屬蓋曼群島商家庭傳媒股份有限公司城邦分公司
地址　104 台北市中山區民生東路二段 141 號 6 樓
讀者服務專線　0800-020-299（09:30 ～ 12:00; 13:30 ～ 17:00）
讀者服務傳真　02-2517-0999
讀者服務信箱　Email: csc@cite.com.tw
劃撥帳號　1983-3516
劃撥戶名　英屬蓋曼群島商家庭傳媒股份有限公司城邦分公司
香港發行　城邦（香港）出版集團有限公司
地址　香港灣仔駱克道 193 號東超商業中心 1 樓
電話　852-2508-6231
傳真　852-2578-9337
馬新發行　城邦（馬新）出版集團 Cite（M）Sdn. Bhd.
地址　41, Jalan Radin Anum, Bandar Baru Sri Petaling, 57000 Kuala Lumpur, Malaysia.
電話　603-90578822
傳真　603-90576622

總經銷　聯合發行股份有限公司
電話　02-29178022
傳真　02-29156275

製版印刷　凱林彩印股份有限公司
定價　新台幣 360 元／港幣 120 元
ＩＳＢＮ　978-986-408-457-9
2024 年 3 月初版 5 刷・Printed In Taiwan